पैट्रिक मोदिआनो

2014 में साहित्य के 'नोबेल पुरस्कार' से पुरस्कृत फ्रांसीसी लेखक पैट्रिक मोदियानो का जन्म 30 जुलाई, 1945 को पेरिस में हुआ। मोदियानो की प्रमुख कृतियाँ हैं—'डोरा ब्रूडर', 'मिसिंग पर्सन', 'इन द कैफ़े ऑफ़ लॉस्ट यूथ', 'इनविजिबल इंक', 'पेडिग्री', 'द नाइट वॉच' आदि। दुनिया की तीस से अधिक भाषाओं में उनकी रचनाओं के अनुवाद हुए हैं। 'नोबेल पुरस्कार' के अलावा उन्हें 'Prix Goncurt', 'Grand prix du roman de I'acadmie francaise', 'Grand prix du roman', 'ऑस्ट्रेलियन स्टेट प्राइज़ फ़ॉर यूरोपियन लिटरेचर' आदि सम्मानों से विभूषित किया जा चुका है।

युगांक धीर

युगांक धीर पंजाब में जन्मे, दिल्ली में पले-बढ़े और मुम्बई में कार्यरत रहे। सात वर्ष तक 'धर्मयुग' से जुड़े रहे। 'एक ज़िन्दगी काफ़ी नहीं', 'इज़ाडोरा की प्रेमकथा', 'रूसो की आत्मकथा', 'गॉन विद द विंड' और 'द फ़र्स्ट लेडी चैटर्ली' जैसी लगभग एक दर्जन चर्चित कृतियों के अनुवाद कर चुके हैं।

एक यहूदी लड़की की तलाश

पैट्रिक मोदिआनो

अनुवाद
युगांक धीर

राजकमल पेपरबैक्स

फ्रेंच कृति *Dora Bruder* का हिन्दी अनुवाद

राजकमल पेपरबैक्स में
पहला संस्करण : 2023
दूसरा संस्करण : 2026

राजकमल पेपरबैक्स : उत्कृष्ट साहित्य के जनसुलभ संस्करण

राजकमल प्रकाशन प्रा.लि.
1-बी, नेताजी सुभाष मार्ग, दरियागंज
नई दिल्ली-110 002
द्वारा प्रकाशित

शाखाएँ : अशोक राजपथ, साइंस कॉलेज के सामने, पटना-800 006
पहली मंजिल, दरबारी बिल्डिंग, महात्मा गांधी मार्ग, प्रयागराज-211 001
1, अनमोल सोराबजी सन्तुक लेन, धोबी तलाव, मरीन लाइंस, मुम्बई-400 002
वेबसाइट : www.rajkamalprakashan.com
ई-मेल : info@rajkamalprakashan.com

बी.के. ऑफसेट
नवीन शाहदरा, दिल्ली-110 032
द्वारा मुद्रित

मूल्य : ₹250

EK YAHOODI LADKI KI TALASH
Novel by Patrick Modiano
Translated by Yugank Dhir

ISBN : 978-81-19159-88-8

एक यहूदी लड़की की तलाश

आठ वर्ष पहले, 'पारी स्वार' अख़बार की एक बहुत पुरानी प्रति के पृष्ठ तीन के एक शीर्षक ने अचानक ही मेरा ध्यान खींच लिया था। 31 दिसम्बर, 1941 की तारीख़ के इस अख़बार में यह ख़बर 'दिन-प्रतिदिन' नामक कॉलम में छपी थी। ख़बर कुछ इस प्रकार थी—

पेरिस

लापता—डोरा ब्रूडर नाम की एक लड़की, उम्र 15 वर्ष, क़द 1.55 मीटर, अंडाकार चेहरा, सलेटी भूरी आँखें, भूरे रंग की स्पोर्ट्स जैकेट, मैरून रंग का पुलओवर, नेवी-ब्लू स्कर्ट और हैट, और भूरे रंग के स्पोर्ट्स शूज़। कोई भी जानकारी होने पर मोन्स्योर और मदाम ब्रूडर, 41 ऑर्नानो पथ, पेरिस, के पते पर देने/भेजने की कृपा करें।

ऑर्नानो पथ के आसपास के इलाक़े को मैं एक ज़माने से जानता था। बचपन में मैं अपनी माँ के साथ सेंत-उवौं के कबाड़ी बाज़ारों में

जाया करता था। हम लोग पोर्त द क्लिन्याकूर्र या कभी-कभार 18वें ज़िले के टाउन हाल के बाहर बस से उतरते थे। वह हमेशा शनिवार या रविवार की दोपहर का समय होता था।

सर्दियों के दिनों में क्लिन्याकूर्र बैरकों के बाहर के छायादार फ़ुटपाथ पर एक मोटू फ़ोटोग्राफ़र खड़ा रहता था। आँखों पर एक गोल चश्मा चढ़ाए और अपनी फूली हुई नाक को मटकाते हुए वह आने-जानेवालों की भीड़ में अपना ट्राइपोड टिकाकर एक 'यादगार फ़ोटो' खिंचवाने की गुहार करता रहता था। गर्मियों में वह बार दु सोलेइ के बाहर दूवील के चौड़े रास्ते पर खड़ा दिखाई देता था। वहाँ उसे ख़ूब ग्राहक मिलते थे। लेकिन यहाँ क्लिन्याकूर्र पर शायद लोग फ़ोटो खिंचवाना पसन्द नहीं करते थे। उसका ओवरकोट काफ़ी खस्ताहाल था और एक जूते में सुराख़ भी दिखाई देता था।

मुझे मई 1950 की एक धूप-भरी दोपहर की भी याद है, जब ऑर्नानो पथ और बार्बेस पथ बिलकुल सुनसान रहते थे। अल्जीरिया की घटनाओं की वजह से हर चौराहे पर सिर्फ़ सैनिकों के कुछ जत्थे मौजूद होते थे।

1965 की सर्दियों में भी मेरा इस इलाक़े में आना-जाना रहा। मेरी एक प्रेयसी थी जो शौम्पिओने मार्ग, ऑर्नानो 49-20 में रहती थी।

तब तक बैरकों के बाहर रविवार की भीड़ उस फ़ोटोग्राफ़र को न जाने कहाँ खदेड़ चुकी होगी। हालाँकि मैं यह देखने के लिए कभी वहाँ गया नहीं। ये बैरकें आख़िर किस काम आती थीं?* मुझे पता चला कि इनमें औपनिवेशिक फ़ौजें रहा करती थीं।

---

* पेरिस पर जर्मन क़ब्ज़े के दिनों में क्लिन्याकूर्र बैरकों में फ्रेंच वालंटियरों को रखा गया था, जो वैफेन एसएस (सशस्त्र अर्द्धसैनिक बल) में काम करते थे। देखें 'पेरिस इन द थर्ड रीख', डेविड प्रायस-जोंस, कॉलिंस, 1981

जनवरी 1965 की शाम। लगभग छह बजे ही ऑर्नानो पथ और शौम्पिओने मार्ग के चौराहे पर अँधेरा घिरने लगा था। मेरा मानो कोई वजूद ही नहीं था, मैं उन गलियों, उस अस्त होते सूरज का हिस्सा बनकर रह गया था।

ऑर्नानो पथ के छोर के दाईं तरफ़ पड़नेवाले आख़िरी कैफ़े का नाम 'वेर्स तुजूर' था। बाईं तरफ़, नेय पथ के सिरे पर, एक दूसरा कैफ़े था, जहाँ एक ज्यूक बॉक्स भी था। ऑर्नानो-शौम्पिओने चौराहे पर एक दवाख़ाना और दो-एक कैफ़े थे। इनमें दुहेम मार्ग के कोने पर पड़नेवाला कैफ़े ज़्यादा पुराना था।

न जाने कितना वक्त मैंने इस तरह के कैफ़े में गुज़ारा था...इन्तज़ार करते हुए, सुबह उठते ही सबसे पहला यही काम होता था...जब अँधेरा भी ठीक-से छँटा नहीं होता था। ढलती दोपहर से शाम गहराने तक। बाद में, कैफ़े के बन्द होने के समय तक...

रविवार की एक शाम मुझे एक पुरानी काले रंग की स्पोर्ट्स कार दिखाई दी थी...शायद जगुआर थी। वह शौम्पिओने मार्ग के नर्सरी स्कूल के बाहर खड़ी थी। इसके पिछली तरफ़ एक संकेत-चिह्न बना हुआ था—विकलांग भूतपूर्व-सैनिक। इस इलाक़े में ऐसी कार की उपस्थिति पर मुझे हैरानी हुई थी। मैं इसके मालिक की शक्ल की कल्पना करता रहा था।

रात नौ बजे के बाद सड़क सुनसान हो जाती थी। सैम्पलों मेट्रो स्टेशन की बत्तियाँ मुझे अब भी दिखाई पड़ती रहती थीं, और इसके लगभग ठीक सामने सिनेमा ऑर्नानो-43 के अहाते की बत्तियाँ भी। मैंने सिनेमा के बगल वाली बिल्डिंग नम्बर 41 पर कभी

ध्यान नहीं दिया था...हालाँकि मैं महीनों और वर्षों से इसके सामने से गुज़रता रहा था। 1965 से 1968 तक। कोई भी जानकारी हो तो मोन्स्योर और मदाम ब्रूडर, 41 ऑर्नानो पथ, पेरिस के पते पर भेजने की कृपा करें।

दिन-प्रतिदिन। वक़्त गुज़रने के साथ स्मृतियाँ धुँधली पड़ने लगती हैं। एक सर्दी का मौसम दूसरी सर्दियों के मौसम में घुल-मिल जाता है। 1965 की सर्दियाँ और 1942 की सर्दियाँ।

1965 में मुझे डोरा ब्रूडर के बारे में कुछ भी मालूम नहीं था। लेकिन अब, तीस वर्ष बाद, मुझे ऐसा लगता है कि ऑर्नानो चौराहे के कैफ़े में इन्तज़ार की वे लम्बी घड़ियाँ, वे रोज़-रोज़ की एक ही जैसी गतिविधियाँ—मोंट सेनिस मार्ग—मुझे मौंमार्त्र पहाड़ी पर स्थित होटलों : क्लिन्याकूर मार्ग के होटल रोमा, होटल अल्सिना या ल तेरास में वापस ले गईं। कुछ भूली-भटकी यादें अब भी बाक़ी हैं—बहार की किसी शाम क्लिन्याकूर चौक के पेड़ों के नीचे कानों में पड़ी कोई बात...या फिर सर्दियों में सैम्पलों और ऑर्नानो पथ की तरफ़ दूर तक चलते-चलते बातचीत के कुछ टुकड़े। यह सब शायद संयोग मात्र नहीं था। शायद, भले ही मैं इससे अनजान था, मैं डोरा ब्रूडर और उसके माता-पिता की तलाश में जुट गया था। शायद, एक गुमसुम-से, एक अनदेखे-से ढंग से वे पहले से ही वहाँ थे।

मैं कुछ सुराग ढूँढ़ने की कोशिश मैं हूँ, पीछे, बहुत पीछे के समय में लौटते हुए। जब मैं बारह वर्ष का था और अपनी माँ के साथ क्लिन्याकूर्र के बाज़ारों में जाया करता था, तो एक गली के दाएँ कोने पर, जहाँ दोनों तरफ़ स्टालों की क़तारें थीं...मॅलीच बाज़ार, या वर्नेज़ों बाज़ार...एक पोलिश यहूदी नौजवान सूटकेस बेचा करता था...चमड़े या मगर की खाल से बने महँगे सूटकेस, लकड़ी के सूटकेस, सफारी बैग, ट्रांसलांटिक कम्पनियों के लेबलों वाले केबिन ट्रक...सब एक के ऊपर एक ढेर की शक्ल में रखे हुए। उसका स्टाल हर तरफ़ से खुला था। उसके होंठों के किनारों पर हमेशा एक सिगरेट दबी होती थी। एक बार तो उसने मुझे भी एक सिगरेट पिलाई थी।

*

कभी-कभी में ऑर्नानो पथ के किसी सिनेमाघर में भी चला जाता था। सड़क के कोने पर स्थित क्लिन्याकूर्र पैलेस में, 'वेर्स तुजूर' के पास, या फिर ऑर्नानो-43 में।

मुझे बाद में पता चला कि ऑर्नानो-43 बहुत पुराना सिनेमाघर था। 1930 के दशक में इसका पुनर्निर्माण हुआ था—इसे एक समुद्री जहाज की शक्ल में बनाया गया था। मई 1996 में मैं इस इलाक़े में लौटा तो सिनेमाघर की जगह पर एक दुकान को पाया। हर्मेल मार्ग के सामने थोड़ा आगे बढ़ें तो आप 41 ऑर्नानो पथ पर पहुँच जाते हैं, वही पता जो गुमशुदा डोरा ब्रूडर के बारे में ज़ारी नोटिस में दिया गया था।

यह उन्नीसवीं सदी के आख़िरी दशकों में निर्मित एक पाँच मंज़िला इमारत है, जिसमें बहुत-से फ़्लैट हैं। नम्बर 39 के साथ मिलकर यह एक

ब्लॉक बन जाती है जो सड़कों से घिरी हुई है, हर्मेल मार्ग के एक सिरे से और सैम्पलों मार्ग से, जो इन दोनों इमारतों के पीछे से गुज़रता है। ये दोनों इमारतें एक जैसी हैं। नम्बर 39 पर लगे फलक पर किसी आर्किटेक्ट स्वर्गीय पियेर्र का नाम और निर्माण का वर्ष 1881 लिखा हुआ है। नम्बर 41 पर भी ज़रूर यही बात लागू होती होगी।

युद्ध से पहले, और 1950 के दशक के शुरू तक, नम्बर 41 एक होटल हुआ करता था। और नम्बर 39 भी, जिसका नाम होटल लियों द' और्र था। युद्ध से पहले नं. 39 में एक कैफ़े-रेस्तराँ भी था, जिसके मालिक का नाम गाज़ाल था। मुझे नं. 41 वाले होटल का नाम पता नहीं चल पाया। 1950 के दशक के शुरू में टेलीफ़ोन डायरेक्टरी में ऑर्नानो होटल एंड स्टूडियोज़ कम्पनी का यह पता दिया गया था—मौंमार्त्र 12-54। तब भी, और युद्ध से पहले भी, एक कैफ़े का भी यही पता दिया गया था। उसके मालिक का नाम मार्शल था। यह कैफ़े अब नहीं है। यह विशाल प्रवेशद्वार के दाईं तरफ़ रहा होगा या बाईं तरफ़?

यह एक लम्बे कॉरीडोर में खुलता है। काफ़ी दूर कॉरीडोर के सिरे पर सीढ़ियाँ हैं, जो दाईं तरफ़ जाती हैं।

जो मिट चुका हो, उसे फिर से प्रकट होने में समय लगता है। रजिस्टरों में कुछ निशान बचे रहते हैं। किसी को पता नहीं होता कि ये रजिस्टर कहाँ छिपाए गए हैं और किसके संरक्षण में हैं, इनके संरक्षक आपको इनमें झाँकने देंगे या नहीं। या शायद वे भूल ही चुके होते हैं कि ऐसे रजिस्टरों का कोई अस्तित्व भी है।

इसके लिए थोड़े धैर्य की ज़रूरत होती है।

तो अन्ततः मुझे पता चला कि डोरा ब्रूडर और उसके माता-पिता 1937 और 1938 से ही ऑर्नानो पथ के होटल में रह रहे थे। उनका कमरा पाँचवीं मंज़िल पर था, जिसके साथ एक छोटा रसोईघर भी था। पाँचवीं मंज़िल पर ही लोहे की एक बालकनी है, जो बिल्डिंग के दोनों ब्लॉकों को घेरे हुए है। इस मंज़िल पर क़रीब दस खिड़कियाँ हैं। इनमें से दो या तीन चौड़ी सड़क की तरफ़ खुलती हैं, बाकी हर्मेल मार्ग के छोर पर या पिछवाड़े में सैम्पलों मार्ग की तरफ़ खुलती हैं।

मई 1996 में उस दिन जब मैं फिर उस इलाक़े में गया तो मैंने देखा कि पाँचवीं मंज़िल पर सैम्पलों मार्ग की तरफ़ खुलनेवाली दो खिड़कियों के जंग खाए किवाड़ बन्द थे। बाहर बालकनी में बहुत-सी चीज़ों का ढेर लगा था, जो जाने कब से वहाँ पड़ी हुईं थीं।

युद्ध से तीन या चार वर्ष पहले डोरा ब्रूडर किसी स्थानीय माध्यमिक विद्यालय में दाखिल हुई होगी। मैंने इस सम्बन्ध में एक पत्र लिखकर जानना चाहा कि क्या किसी विद्यालय के रजिस्टर में उसका नाम ढूँढ़ा जा सकता है। मैंने यह पत्र चार स्कूलों के प्रधानाचार्यों को भेजा—

8 फर्डिनेंस-फ्लोकों मार्ग
20 हर्मेल मार्ग
7 शौम्पियोने मार्ग
6 क्लिन्याकूर्र मार्ग

सभी ने विनम्रता से जवाब भी दिया। किसी को भी उसका नाम युद्ध से पहले के छात्रों की सूची में नहीं मिला था। आख़िर 69 शौम्पियोने मार्ग स्थित लड़कियों के एक भूतपूर्व स्कूल के प्रमुख ने सुझाव दिया कि मैं ख़ुद जाकर उनके रजिस्टर की जाँच कर लूँ। किसी दिन मैं वहाँ जाऊँगा भी। लेकिन मैं थोड़ी उधेड़बुन में हूँ। मैं यह उम्मीद करते रहना चाहता हूँ कि उसका नाम इस रजिस्टर में हो, क्योंकि यही स्कूल उसके घर के सबसे नज़दीक था।

*

मुझे उसकी सही जन्म-तिथि का पता लगाने में चार वर्ष लग गए—25 फ़रवरी 1926। इसके बाद दो वर्ष उसका जन्म-स्थान खोजने में लगे—पेरिस, 12वाँ ज़िला। लेकिन मुझमें सब्र है। मैं बारिश में घंटों इन्तज़ार कर सकता हूँ।

फ़रवरी 1996 एक शुक्रवार की दोपहर, मैं 12वें ज़िले के रजिस्ट्रार के दफ़्तर में गया। रजिस्ट्रार—जो एक नौजवान था—उसने मुझे एक फ़ार्म दिया :

प्रमाण-पत्र के लिए आवेदन करनेवाला व्यक्ति फ़ार्म में निम्नलिखित जानकारियाँ दे—

कुलनाम :

नाम :

पता :

मुझे निम्नलिखित व्यक्ति के जन्म-प्रमाणपत्र की पूर्ण प्रति चाहिए—

कुलनाम : ब्रूडर नाम : डोरा

जन्मतिथि : 25 फ़रवरी 1926

अपने परिचय के सम्बन्ध में निम्नलिखित में से उपयुक्त पर सही का निशान लगाएँ—

स्वयं

पिता अथवा माता

दादा/नाना अथवा दादी/नानी

पुत्र अथवा पुत्री

पति अथवा पत्नी

क़ानूनी प्रतिनिधि

आपके पास सम्बद्ध व्यक्ति का मुख़्तारनामा और पहचान-पत्र हो। उपरोक्त व्यक्तियों के अलावा किसी को भी जन्म प्रमाण-पत्र की प्रति नहीं दी जाएगी।

मैंने फ़ार्म पर हस्ताक्षर करके उसे वापस दे दिया। उसने इसे पढ़ा और कहा कि वह मुझे जन्म-प्रमाणपत्र की प्रति नहीं दे सकता। सम्बन्धित व्यक्ति के साथ मेरा कोई क़ानूनी सम्बन्ध नहीं था।

पहले तो मुझे लगा कि वह गुमनामी के उन चौकीदारों में से था जिनका काम किसी शर्मनाक रहस्य पर पर्दा डाले रखना और किसी को भी सम्बन्धित व्यक्ति के अस्तित्व के बारे में भनक तक न लगने देना होता है। लेकिन वह एक भला इन्सान निकला। उसने मुझे 2, पाले पथ पर स्थित पाले द जूस्तिस में जाने और सुपरिंटेंडेंट रजिस्ट्रार से विशेष छूट के लिए आवेदन करने की सलाह दी। वहाँ का पता था—तीसरा खंड, पाँचवीं मंज़िल, सीढ़ी संख्या पाँच, कमरा नं. 501। कार्य-अवधि—सोमवार से शुक्रवार, दोपहर 2 बजे से 4 बजे तक।

मैं 2, पाले पथ के लोहे के बड़े गेट को पार करके मुख्य अहाते की तरफ़ बढ़ ही रहा था कि एक कर्मचारी ने मुझे कुछ दूर दूसरे प्रवेशद्वार की तरफ़ जाने के लिए कहा जो सेंट शापेल के प्रवेश-द्वार जैसा था। ड्योढ़ी में पर्यटकों की लम्बी क़तार देखकर मैं सीधा आगे बढ़ने लगा तो एक दूसरे कर्मचारी ने मुझे दूसरों के साथ क़तार में खड़े होने के लिए कहा।

अग्रदीर्घा के पीछे, नियमानुसार सभी को अपनी जेबों में से वे सारी वस्तुएँ निकाल देनी होती थीं जो धातु से बनी थीं। मेरे पास सिर्फ़ चाभियों का एक गुच्छा था। ये चाभियाँ मुझे एक घूमती हुई पट्टी पर रखनी थीं और काँच के पार्टिशन के उस पार से उठा लेनी थीं। मैं थोड़ा हिचकिचाया तो एक कर्मचारी ने मुझे डाँटते हुए जल्दी करने के लिए कहा। क्या वह सिपाही था? या कोई जासूस? क्या जेल के फाटक की तरह मुझे अपने जूतों के फीते, कमर की बेल्ट और बटुआ वगैरह निकालने के लिए भी कहा जाएगा?

एक अहाते और एक गलियारे को पार करने के बाद मैंने अपने-आपको एक विशाल बरामदे में पाया, जहाँ आने-जानेवालों की अच्छी-खासी भीड़ थी, स्त्रियाँ और पुरुष दोनों ही जिन्होंने काले ब्रीफकेस उठा रखे थे। कुछ वकीलों की पोशाक में भी थे। वे सब इतनी जल्दी में थे कि किसी से पूछने की मेरी हिम्मत नहीं हुई कि सीढ़ी नं. 5 तक जाने का रास्ता कहाँ से था।

एक मेज पर बैठे एक अधिकारी ने मुझे पिछवाड़े की तरफ़ जाने के लिए कहा। कुछ ही देर बाद मैं एक सुनसान हॉल में था। काफ़ी ऊँची खिड़कियों से आनेवाली हल्की-सी रोशनी के अलावा वहाँ लगभग अँधेरा था। मैंने हॉल का पूरा चक्कर लगा लिया, लेकिन मुझे कहीं भी सीढ़ी नं. 5 दिखाई नहीं दी। मैं अचानक बहुत ज़्यादा घबरा गया। मुझे एक दहशत ने जकड़ लिया, जैसी किसी बुरे सपने में ट्रेन छूट जाने पर होती है—समय तेज़ी से निकला जा रहा है और आप स्टेशन पर नहीं पहुँच पा रहे हैं।

बीस वर्ष पहले मुझे लगभग ऐसा ही अनुभव हुआ था। मुझे पता चला था कि मेरे पिता पीतिये-साल्पेत्रियेर के अस्पताल में हैं। किशोरावस्था

के बाद मैं उन्हें एक बार भी नहीं देख पाया था। इसलिए अचानक ही मैंने उनसे अस्पताल में मिलने का फ़ैसला किया।

मुझे याद है मैं उस विशाल अस्पताल में घंटों उनकी तलाश में भटकता रहा था। मैं प्राचीन इमारतों और वार्डों की भूल-भुलैया में एक बिस्तर से दूसरे बिस्तर, एक मरीज़ से दूसरे मरीज़ की तरफ़ बढ़ता था और नर्सों से अपने पिता के बारे में पूछता था। कोई एक तरफ़ जाने के लिए कहती थी तो कोई दूसरी तरफ़। जाने कितनी बार मैंने वहाँ के भव्य चर्च और सत्रहवीं सदी से ज्यों-की-त्यों खड़ी अनगिनत भूतहा इमारतों का चक्कर लगाया। आख़िर मुझे अपने पिता के अस्तित्व पर ही सन्देह होने लगा। इन इमारतों को देखकर मुझे मेनों लेस्को का वह ज़माना याद आ जाता है जब इसी जगह को जनरल अस्पताल के नाम से उन वेश्याओं के लिए जेल के रूप में इस्तेमाल किया गया था, जिन्हें लूज़ियाना निर्वासित किया जाना होता था। प्राचीन और पथरीले आँगनों के चक्कर लगाते-लगाते रात घिर आई, लेकिन मुझे अपने पिता का कोई सुराग न मिल पाया। उन्हें ढूँढ़ पाना असम्भव था। मैं उन्हें फिर कभी नहीं देख पाया।

*

लेकिन सीढ़ी नं 5 अन्त में मुझे मिल ही गई। मैंने पाँच मंज़िलें चढ़ीं और अपने-आपको दफ़्तरों की एक क़तार के सामने पाया। किसी ने मुझे दफ़्तर नं. 501 का रास्ता बताया। वहाँ छोटे कटे बालों वाली एक स्त्री बैठी थी, जिसे देखकर लग रहा था कि वह अपने काम से ऊब चुकी है, उसने मुझसे पूछा कि मैं क्या चाहता हूँ।

मेरा उद्‌देश्य जानने के बाद उसने दो-टूक शब्दों में कहा कि जन्म प्रमाण-पत्र का विवरण जानने के लिए मुझे पेरिस उच्च न्यायालय के पब्लिक प्रोसीक्यूटर* को लिखना होगा। पता—खंड बी, 14 क्यूइ दे ऑर्फेव्रे, पेरिस 3।

तीन हफ़्ते बाद मुझे अपने पत्र का यह जवाब मिला—

> दिनांक पच्चीस फ़रवरी उन्नीस सौ छब्बीस को 9.10 बजे 15, सौंतेर्र मार्ग में एक लड़की, डोरा का जन्म हुआ। पिता—अर्नेस्ट ब्रूडर, अप्रशिक्षित श्रमिक, जन्म विएना (ऑस्ट्रिया), इक्कीस मई अठारह सौ निन्यानबे। माता—सेसिल बुर्देज, गृहस्थिन, जन्म बुडापेस्ट (हंगरी), सत्रह अप्रैल उन्नीस सौ सात। दोनों 2, एवेन्यू लिएजार्र, सेव्राँ के निवासी। पंजीकरण—15.30 बजे, सत्ताईस फ़रवरी उन्नीस सौ छब्बीस, पुष्टिकरण गेस्पार्द मेयेर, उम्र तेहत्तर वर्ष, 76 पीक्प्यूस मार्ग में आवासित और कार्यरत, जन्म के समय उपस्थित। पढ़कर हस्ताक्षर करनेवालों में शामिल। औग्यूस्त गीय्यओम रोसी, सहायक महापौर, 12वाँ ज़िला, पेरिस।

*

15, सौंतेर्र मार्ग दरअसल रोत्शील्ड अस्पताल का पता है। डोरा के जन्म के आसपास इस अस्पताल के प्रसूति गृह में बहुत से ग़रीब यहूदी परिवारों

* फ्रांस में गैर-न्यायिक मामलों को देखनेवाला अधिकारी

के बच्चों ने जन्म लिया था। ये सभी परिवार कुछ ही समय पहले फ्रांस में आकर बसे थे। ऐसा लगता है कि 25 फ़रवरी 1926 के उस बृहस्पतिवार को अर्नेस्ट ब्रूडर को काम से छुट्टी नहीं मिली थी, और वह ख़ुद 12वें ज़िले के टाउन हॉल जाकर अपनी बेटी का जन्म दर्ज नहीं करवा पाया था। शायद कोई ऐसा भी रजिस्टर होगा जिसमें हमें गेस्पार्द मेयेर के बारे में कुछ और जानकारी मिल सके, जिसने अपने 'रहने और काम करने' के स्थान 76 पीक्प्यूस मार्ग का पता देकर जन्म-प्रमाणपत्र पर हस्ताक्षर किए थे। यह पता रोत्शील्ड हॉस्पिटल का था, जो बूढ़े और दीन-हीन लोगों का ठिकाना था।

1926 की उन सर्दियों में डोरा ब्रूडर और उसके माता-पिता से जुड़े सभी सुराग हमें सेव्राँ की तरफ़ ले जाते हैं, जो उत्तर-पूर्व में अर्क नहर के किनारे बसा एक उपनगर था। किसी दिन मैं सेव्राँ भी जाऊँगा, पर मुझे डर है कि दूसरे सभी छोटे शहरों की तरह वहाँ के घर और सड़कें भी इतनी बदल चुकी होंगी कि पहचानी न जा सकें। मेरे पास उस ज़माने की कुछ दुकानों, संस्थाओं और लोगों के पते हैं। ये सब लीएजार्र मार्ग में हुआ करते थे। नम्बर 24 पर फ्रेनविले ट्राइनों था। क्या यह एक सिनेमाघर था? या कोई कैफे? इल-द-फ्रांस वाइन सेलर्स नम्बर 31 में था। नम्बर 9 में डॉ. जोरांद का क्लिनिक था और नम्बर 30 प्लातेल में एक दवा की दुकान थी।

लीएजार्र मार्ग, जहाँ डोरा के माता-पिता रहा करते थे, एक नए बसे क्षेत्र का हिस्सा था, जो सेव्राँ, लिवरी-गारगां और ऑलने-सू-ब्वा से थोड़ा आगे पड़ता था। इसे फ्रेनविले* के नाम से जाना जाता था। यह क्षेत्र सदी

* ब्रेक्सविले से मिलता-जुलता शब्द, फ्रेन अर्थात् ब्रेक।

के शुरू में स्थापित वेस्टिंगहाउस ब्रेक फैक्टरी के आस-पास विकसित हुआ था और पूरी तरह से एक श्रमिक क्षेत्र था। 1930 के दशक में इसने स्वायत्तता प्राप्त करने की भी कोशिश की थी। लेकिन ऐसा नहीं हो पाया और इसे पड़ोस के तीन शहरों पर आश्रित रहना पड़ा। फिर भी, इसका अपना रेलवे स्टेशन है—फ्रेनविले।

1926 की सर्दियों में डोरा के पिता अर्नेस्ट ब्रूडर ज़रूर वेस्टिंगहाउस ब्रेक फैक्टरी में काम करते रहे होंगे।

अर्नेस्ट ब्रूडर ऑस्ट्रिया के शहर विएना में 21 मई 1899 को पैदा हुआ था। उसका बचपन शहर के यहूदी इलाक़े में बीता होगा, जिसे लियोपोलस्ताद के नाम से जाना जाता था। उसके माता-पिता ज़रूर गेलिसिया, बोहेमिया या फिर मोराविया से आए होंगे, जैसाकि विएना में बसे अधिकांश यहूदियों के बारे में कहा जा सकता था। ये इलाक़े साम्राज्य के पूर्वी प्रान्तों में पड़ते थे।

मैं 1965 में विएना में ही 20 वर्ष का हुआ था। वह वर्ष क्लिन्याकूर्र के जिलों के चक्कर लगाने का भी वर्ष था। मैं कार्लस्क्रिशे के पीछे तॉबत्युमेंगास में ठहरा। कुछ शुरुआती रातें मैंने पश्चिमी स्टेशन के पास एक बदनाम होटल में गुजारी थीं। मुझे सीवरिंग और ग्रिंजिंग में गुजरी गर्मियों की वे शामें अब भी याद हैं...और उन पार्कों में गुजरी घड़ियाँ भी जहाँ म्यूजिक बैंडों का संगीत बजता रहता था। और वहीं, हेलिंगस्ताद से कुछ ही दूर, दुकानों के बीचोबीच एक कोठरी-सी हुआ करती थी। जुलाई के उन शनिवारों-इतवारों के दिन सब कुछ बन्द रहता था, कैफे

हेवल्का भी। शहर बिलकुल सुनसान होता था। ट्रामों की धूप में चमचमाती पटरियाँ उत्तर-पश्चिम जिलों के आर-पार दूर तक फैली दिखाई देती थीं, पालेंडोर्फ पार्क तक।

किसी दिन मैं विएना वापस जाऊँगा, वह शहर जिसे देखे मुझे तीस वर्ष से भी ऊपर हो गए। शायद विएना के यहूदी समुदाय के रजिस्टर दफ़्तर में मुझे अर्नेस्ट ब्रूडर का जन्म-प्रमाणपत्र मिल जाए। मुझे उसके पिता का पहला नाम पता चल सकता है, और उसका जन्म-स्थान भी। उसकी माँ का पहला नाम और जन्म का नाम भी। और दूसरे जिले के उस घर का पता भी जहाँ वे रहा करते थे...जो नॉर्दर्न स्टेशन, प्राटेर और देन्यूब के बीच के किसी इलाक़े में पड़ता था।

उसने अपना बचपन और लड़कपन प्राटेर के आसपास के इलाक़े में ही गुजारा होगा, जिसे बुडापेस्टरों का गढ़ माना जाता था। उसने इसके कैफे देखे होंगे, इसके थिएटरों को जाना होगा। इसके स्वीडन ब्रिज को... ताबोरत्रास के पास कमोडिटी एक्सचेंज के अहाते को ...और कार्मेलिटीज के मार्केट स्क्वेयर को।

1919 में, एक बीस वर्षीय युवक के रूप में उसकी ज़िन्दगी मेरी ज़िन्दगी से ज़्यादा मुश्किल रही होगी। ऑस्ट्रिया की फ़ौज की हार के शुरुआती सिलसिले के बाद गेलिसिया, बुकोविना और यूक्रेन से हज़ारों शरणार्थियों के कारवाँ किसी सैलाब की तरह विएना की तरफ़ निकल पड़े थे और नॉर्दर्न स्टेशन के आसपास तेजी से फैलते झुग्गी-झोंपड़ियों के जंगल में आ सिमटे थे। यह शहर ख़ुद भी एक डूबता हुआ शहर था...उस साम्राज्य से पूरी तरह कटा हुआ जिसका अब कोई अस्तित्व ही नहीं रह गया था। उस समय बन्द दुकानों वाली

सड़कों-गलियों में घूमते हज़ारों बेरोजगार युवकों में एक चेहरा अर्नेस्ट ब्रूडर का भी रहा होगा।

या वह पूर्व से आनेवाले शरणार्थियों जितनी दरिद्र पृष्ठभूमि से नहीं था? शायद वह ताबोरस्त्रास के किसी दुकानदार का बेटा हो। क्या पता?

लगभग बीस वर्ष बाद पेरिस पर जर्मन क़ब्ज़े के दौरान यहूदियों की धर-पकड़ के लिए तैयार की गई एक फ़ाइल में हज़ारों नामों में अर्नेस्ट ब्रूडर का नाम भी शामिल है। यह फ़ाइल आज भी वॉर वेट्रन्स मिनिस्ट्री में पड़ी है और इसमें अर्नेस्ट ब्रूडर को 'फ्रेंच लिजनेयर' दूसरी श्रेणी के रूप में वर्णित किया गया है। तो वह फ्रेंच फ़ोरेन लिज़न में भर्ती हो गया था! पर मुझे यह पता नहीं चल पाया कि कब? 1919 में? या 1920 में?

विदेशी फ़ौजियों को पाँच वर्ष के लिए भर्ती होना पड़ता था। इसके लिए फ्रांस जाने की भी ज़रूरत नहीं थी। फ्रांसीसी दूतावास में जाना ही काफ़ी था। क्या अर्नेस्ट ब्रूडर ने ऑस्ट्रिया में ऐसा ही किया था? या वह फ्रांस जा पहुँचा था? जो भी हो, अपने जैसे दूसरे जर्मन या आस्ट्रियाई फ़ौजियों की तरह वह भी शायद बेल्फोर्ट या नेन्सी की बैरकों में तैनात रहा होगा, जहाँ आपके साथ किसी तरह की नरमी नहीं बरती जाती थी। मार्सिले और फोर्ट सेंट-निकोलस तो और भी सख़्ती के लिए मशहूर थे। इसके बाद शायद वह किसी फ़ौजी जहाज पर सवार हो गया हो, शायद मोरक्को के लिए, जहाँ तीस हजार फ़ौजियों की कमी महसूस की जा रही थी।

मैं एक फ़ौजी के रूप में अर्नेस्ट ब्रूडर की तैनातियों का नक़्शा खींचने की कोशिश कर रहा हूँ। सिदि बेल एब्बेस में इन फ़ौजियों को इनाम की कुछ रकम मिली थी। ये जर्मन, आस्ट्रियाई, रूसी, रोमानियाई

और बुल्गेरियाई फ़ौजी इतने ग़रीब थे कि उन्हें अपने भाग्य पर विश्वास नहीं हो रहा था। उन्होंने इस रकम को जल्दी से अपनी जेबों में ठूँस लिया था, कि कहीं वापस न माँग लिया जाए। इसके बाद सख़्त ट्रेनिंग का दौर शुरू हुआ। अफ्रीका की चिलचिलाती धूप में मीलों दौड़ने और बार-बार इधर से उधर मार्च करने का कड़ी परीक्षा भरा दौर। मध्य यूरोप से आए अर्नेस्ट ब्रूडर जैसे रंगरूटों के लिए यह बड़ा तकलीफ़देह अनुभव रहा होगा। लड़ाई के दिनों की चार वर्ष लम्बी राशन-कटौती के कारण उनका पूरा लड़कपन कुपोषण में गुज़रा था।

इसके बाद, मेकने, फेज या मराकेश की बैरकें। उन्हें मोरक्को के उन इलाकों में शान्ति बहाल करनी थी जो अभी भी स्वाधीन थे।

अप्रैल 1920 में लेकरित और रास-ताशी में झड़पें हुई थीं। जून 1921 में कर्नल लैम्बर्ट की बटालियन ने हेन नेबल में गोलाबारी की थी। मार्च 1932 में कैप्टन रॉथ के नेतृत्व में शोफे-शार्ग में झड़पें हुई थीं। मई 1922, तिजी अदनी में गोलाबारी जहाँ निकोलस की बटालियन थी। अप्रैल 1923, मरकला और तजा कॉरिडोर में झड़पें। मई 1923, तालरां बाब-बरिडा पर क़ब्ज़े के लिए घमासान लड़ाई, जिसे नेजेलिन के विदेशी फ़ौजी हथियाने में सफल रहे थे। 26 तारीख़ की रात को इस जत्थे ने अचानक हल्ला बोलकर इचेंडर्ट मासिफ पर क़ब्ज़ा जमा लिया था। जून 1923, टेडो में झड़पें। मेजेलिन के जत्थे ने जंगल पर क़ब्ज़ा जमा लिया था। इन विदेशी फ़ौजियों ने एक कस्बे पर चढ़ाई करके वहाँ फ्रांस का तिरंगा झंडा भी फहराया था। ओएद अथिया में झड़पें जहाँ बैरी की बटैलियन ने दो बार संगीनों से हल्ला बोला था। बुचेंस चुट्ज की बटालियन ने बौ-खामोज के दक्षिण में पड़नेवाले जंगल में मोर्चाबन्दी कर ली थी। यह

एल-मेर के घाट पर कब्जे की लड़ाई थी। जुलाई 1923 में इमोजर पठार पर लड़ाई हुई थी। वहाँ कॉन्टिन की बटालियन थी। और अगस्त 1923, ओउद तमगिल्त में झड़पें।

क्या उन कँकरीली रेत से भरे मैदानों में वह रात को आसमान में देखते हुए अपने बचपन के शहर को याद करता रहा होगा? और उसके घने और हरे-भरे पेड़ों को? अर्नेस्ट ब्रूडर की फ़ाइल में 'दूसरी श्रेणी' के साथ-साथ यह जानकारी भी दर्ज है—'100 प्रतिशत विकलांग'। इनमें से किस लड़ाई में वह घायल हुआ होगा?

*

पच्चीस वर्ष की उम्र में वह पेरिस की सड़कों की ख़ाक छान रहा होगा। लड़ाई में घायल हो जाने के कारण उसे विदेशी फ़ौजियों के जत्थे से मुक्त कर दिया गया होगा। मुझे नहीं लगता कि उसने किसी से इसका ज़िक्र किया होगा। किसी की दिलचस्पी भी नहीं रही होगी। मुझे पक्का भरोसा है कि लड़ाई की चोट के कारण उसे पेंशन भी नहीं मिली होगी। उसे कभी फ्रांस की नागरिकता भी नहीं मिली। उसके अपाहिज हो जाने का ज़िक्र भी मैंने एक ही जगह देखा है। जर्मन क़ब्ज़े के दौरान यहूदियों की धर-पकड़ के लिए बनाई गई फ़ाइल में।

अर्नेस्ट ब्रूडर ने 1924 में एक 17 वर्षीय युवती से विवाह किया था। उसका नाम सेसिल बुर्देज था और वह 19 अप्रैल 1907 को बुडापेस्ट में पैदा हुई थी। मुझे यह नहीं मालूम कि यह विवाह कहाँ सम्पन्न हुआ था और गवाहों के क्या नाम थे। ये दोनों एक-दूसरे से कैसे मिले थे? सेसिल बुर्देज एक वर्ष पहले ही पेरिस आई थी, अपने माता-पिता, एक भाई और चार बहनों के साथ। रूसी मूल का यह यहूदी परिवार सम्भवत: सदी की शुरुआत से ही बुडापेस्ट में बसा हुआ था।

पहले विश्व-युद्ध के बाद बुडापेस्ट में भी ज़िन्दगी उतनी ही मुश्किल रही होगी जितनी कि विएना में। उन्हें एक बार फिर पश्चिम की तरफ़ भागना पड़ा था। वे आख़िर पेरिस में यहूदी शरणार्थियों के रूप में लामार्क गली में आ बसे थे। लगभग एक महीने के भीतर ही परिवार की तीन लड़कियाँ चौदह, बारह और दस वर्ष की उम्र में टाइफाइड से चल बसी थीं।

क्या अपने विवाह के समय सेसिल और अर्नेस्ट ब्रूडर पहले से ही एवेन्यू लिएजार्र, सेव्राँ में रह रहे थे? या वे पेरिस के किसी होटल में थे?

क्योंकि डोरा के जन्म के बाद शुरू के कुछ वर्ष उन्होंने होटल के कमरों में ही गुज़ारे थे।

*

वे उन लोगों में से हैं जो अपने पीछे बहुत कम निशान छोड़ते हैं। एक तरह से गुमनाम लोग। उन्हें पेरिस की उन गलियों और आसपास के उपनगरीय परिवेश से अलग नहीं किया जा सकता जहाँ वे रहा करते थे, और जिसका मुझे संयोग से ही पता चला था। कई बार, मेरे पास उन लोगों के बारे में जानकारी के नाम पर सिर्फ़ उनके घर का पता होता है। और हमें जो यह एकदम सही भौगोलिक जानकारी होती है, वह उनकी असली ज़िन्दगी से कितनी अलग होती है, जिसका हमें कभी पता नहीं चल पाता—अज्ञात के एक ख़ाली और मूक साँचे की तरह।

मैंने अर्नेस्ट और ब्रूडर की भतीजी को ढूँढ़ लिया।

मैंने उससे फ़ोन पर बात की। उसके पास सिर्फ़ अपने बचपन की यादें हैं, जो जितनी धुँधली हैं उतनी ही साफ़ भी। वह अपने अंकल को एक भले और नरम दिल व्यक्ति के रूप में याद करती है। इस परिवार के बारे में मेरे पास जो थोड़ी-बहुत जानकारी है, वह उसी से मिली है। उसने दूसरों से सुना था कि 'अर्नेस्ट, सेसिल और डोरा ऑर्नानो के होटल से पहले किसी दूसरे होटल में रहा करते थे। वह र्‍यू देस पोयसोनियर्स के सामने किसी गली में था। मैंने इलाक़े का नक़्शा निकाला और उसे बहुत-से नाम पढ़कर सुनाए। हाँ, यह रही पोलोंसो गली। लेकिन उसने कभी

किसी को जिक्र करते नहीं सुना था, न फ्रेनविले का और न वेस्टिंगहाउस फैक्टरी का।

*

ऐसा कहा जाता है कि जगहों पर कोई छाप रह जाती है, वहाँ रह चुके लोगों की, कोई बहुत धुँधली-सी छाप। एक ख़ालीपन-सा। अर्नेस्ट और सेसिल ब्रूडर और डोरा के बारे में मुझे ऐसा ही महसूस होता रहा है। मुझे उन जगहों पर, जहाँ भी वे रहे थे, उनकी अनुपस्थिति का और एक ख़ालीपन का अहसास होता रहा है।

उस ज़माने के पोलोन्सो गली के दो होटलों में से एक, नम्बर 49, के किराएदार का नाम रॉकेत दिया हुआ है। टेलीफ़ोन डायरेक्टरी में उसके होटल का नाम 'होटल विन' दर्ज है। नम्बर 32 के मालिक का नाम चार्ल्स कैम्पाज़ी दिया हुआ है। ये दोनों ही घटिया होटल थे और आज उनका कोई अस्तित्व नहीं है।

1968 के आसपास मैं गलियों का दूर तक चक्कर लगाया करता था, ऊपर से गुजरती मेट्रो के पुल तक। मैं प्लेस ब्लांशे से चलना शुरू करता था। दिसम्बर में खुले मैदान में एक मेला लगा होता था। बूलेवा दे ल चैपेल तक पहुँचते-पहुँचते इसकी रोशनियाँ मद्धिम पड़ने लगती थीं। उस समय मैं डोरा ब्रूडर और उसके माता-पिता के बारे में कुछ भी नहीं जानता था। मुझे याद है, लेरिबूज़ियर अस्पताल की दीवार के पास से गुज़रते हुए मुझे एक अजीब-सा अहसास होने लगता था...और रेलवे लाइनों को पार करते समय भी जैसे कि मैंने पेरिस के सबसे अँधेरे पहलू को छू लिया

हो। लेकिन यह सिर्फ़ बूलेवा द क्लिशि की चकाचौंध-भरी रोशनियों और मेट्रो के पुल के नीचे की अँधेरी दीवार के विरोधाभास का प्रभाव था।

अब रेलवे लाइनों के जाल, गेरे द्यू नोर्ड से नजदीकी और तेज़ी से दौड़ती ट्रेनों के कारण भले ही यह कुछ बदल गया हो, फिर भी मैं बूलेवा दे ल चैपेल को पलायन के पड़ाव के रूप में देखता हूँ। एक ऐसी जगह जहाँ कोई भी ज़्यादा देर नहीं ठहरता। एक ऐसा चौराहा जहाँ से हर कोई चारों दिशाओं में अपने अलग रास्ते पर निकल पड़ता है।

जो भी हो, मैंने स्थानीय स्कूलों की एक सूची बनाई, जो अगर अब भी मौजूद हों तो शायद उनके किसी रजिस्टर में मुझे डोरा ब्रूडर का नाम मिल जाए—

नर्सरी स्कूल : 3, र्‌यू सेंट-लक

प्राइमरी स्कूल फॉर गर्ल्स, 11 र्‌यू केव, 43 र्‌यू देस पोस्सेनियर्स इम्पास द'ओरां।

पोर्त द क्लिन्याकूर्र में समय गुज़रता रहा था, जब तक कि युद्ध के बादल नहीं मँडराने लगे। मुझे ब्रूडर परिवार की उस समय की ज़िन्दगी के बारे में कुछ नहीं मालूम। क्या सेसिल सिलाई-कढ़ाई का काम करने लगी थी? या जैसा कि फ़ाइलों में दर्ज है, नियमित वेतन पर किसी कपड़ों की फ़ैक्टरी में काम करने लगी थी? उसकी भतीजी का ख़याल है कि वह र्‍यू दे रुइसो के नज़दीक किसी वर्कशॉप में नौकरी करती थी। लेकिन उसे पक्का पता नहीं है। क्या अर्नेस्ट ब्रूडर अब भी मज़दूरी कर रहा था, फ्रेनविले की वेस्टिंगहाउस फैक्टरी में नहीं तो किसी दूसरे उपनगर में? या उसे भी पेरिस में ही किसी कपड़ा वर्कशॉप में काम मिल गया था? जर्मन क़ब्ज़े के दौरान बनाई गई उस फ़ाइल में जिसमें उसके नाम के आगे 'दूसरी श्रेणी, 100 प्रतिशत विकलांग' लिखा है, उसके 'व्यवसाय या रोजगार' के बारे में सिर्फ़ 'कुछ नहीं' लिखा हुआ है।

उस ज़माने के कुछ चित्र। सबसे पुराना फ़ोटो उनके विवाह के दिन का है। वे बैठे हुए हैं और उन्होंने अपनी कोहनियाँ एक ऊँची-सी चौकी

पर टिका रखी हैं। सेसिल लम्बे सफ़ेद नकाब में लिपटी हुई है, जो फ़र्श को छू रहा है और उसके बाएँ कान के पास बँधा हुआ प्रतीत होता है। अर्नेस्ट सफ़ेद बो-टाई के साथ सूट पहने हुए है। एक चित्र बेटी डोरा के साथ उन दोनों का। वे दोनों बैठे हुए हैं और डोरा उनके बीच में खड़ी है। वह तब मुश्किल से दो वर्ष की रही होगी। अकेली डोरा का एक चित्र। यह ज़रूर स्कूल में कोई इनाम मिलने के बाद लिया गया होगा। वह तब बारह वर्ष के आसपास रही होगी। वह सफ़ेद वर्दी के साथ छोटी जुराबें पहने हुए है और अपने दाएँ हाथ में एक किताब पकड़े है। उसके बालों में सफ़ेद फूलों का एक मुकुट बँधा हुआ है। अपना बायाँ हाथ उसने काली धारियों वाले एक सफ़ेद बक्से पर टिका रखा है, जो ज़रूर फ़ोटो स्टूडियो का हिस्सा रहा होगा। उसी जगह और शायद उसी दिन खींचा गया एक दूसरा चित्र। इसमें भी काली धारियों वाला वह सफ़ेद बक्सा दिखाई दे रहा है, जिसके ऊपर सेसिल ब्रूडर बैठी हुई है। डोरा उसके बाईं तरफ़ खड़ी है। उसने ऊँचे गले वाली पोशाक पहन रखी है और अपनी बाईं बाँह को थोड़ा मोड़कर अपना हाथ अपनी माँ के कंधे पर रखा हुआ है। अपनी माँ के साथ एक दूसरे चित्र में डोरा लगभग बारह वर्ष की दिखाई दे रही है और उसके बाल भी कुछ छोटे दिखाई दे रहे हैं। दोनों किसी पुरानी दीवार के सामने खड़ी प्रतीत होती हैं। यह ज़रूर फ़ोटो स्टूडियो का कोई स्क्रीन रहा होगा। दोनों ने ही सफ़ेद कॉलर वाली काली पोशाक पहन रखी है। डोरा अपनी माँ से थोड़ा-सा आगे उसके दाईं तरफ़ खड़ी है। एक अंडाकार फ़ोटो में डोरा थोड़े ज़्यादा लम्बे बालों के साथ तेरह-चौदह वर्ष की दिखाई दे रही है और अपने माता-पिता के साथ है। सभी कैमरे की तरफ़ देख रहे हैं। डोरा और उसकी माँ सफ़ेद ब्लाउज़ों

में हैं, जबकि उनके पीछे खड़ा अर्नेस्ट ब्रूडर जैकेट और टाई पहने है। एक फ़ोटो में सेसिल ब्रूडर किसी उपनगरीय घर के सामने सीमेंट की तीन सीढ़ियों के पास छोटे स्टूल पर बैठी है। बाईं तरफ़ की दीवार पर आइवी के गुच्छे दिखाई दे रहे हैं। वह गर्मियों की हल्की स्कर्ट पहने है। पीछे पृष्ठभूमि में एक बच्चे की आकृति दिखाई दे रही है। उसकी पीठ कैमरे की तरफ़ है और काले रंग के जम्पर या बेदिंग सूट में उसकी बाँहें और टाँगें नंगी दिखाई दे रही हैं। क्या वह डोरा है? लकड़ी के बाड़े के पीछे एक दूसरे घर का अगला हिस्सा दिखाई दे रहा है, इसका अहाता और ऊपर की मंज़िल की एक खिड़की। कहाँ हो सकता है यह घर?

अकेली डोरा का कुछ पहले का एक चित्र। वह नौ या दस वर्ष की रही होगी। शायद वह छत पर है, धूप के एक टुकड़े के अलावा पूरी तरह परछाईं में घिरी। सफ़ेद ब्लाउज और जुराबों में वह अपना एक हाथ कूल्हे पर रखे किसी बड़े सीमेंट के पिंजरे के किनारे पर दायाँ पाँव टिकाए खड़ी है। परछाई के कारण यह पता नहीं चलता कि इस पिंजरे में कौन से पशु या पक्षी हैं। ये परछाइयाँ और धूप के टुकड़े निश्चित ही गर्मियों के किसी दिन के हैं।

गर्मियों के बाक़ी दिन वे क्लिन्याकूर्र में रहा करते थे। उसके माता-पिता उसे सिनेमा ऑर्नानो-43 में ले जाते होंगे। वह बिलकुल सामने ही था। या वह अकेली जाने लगी थी? उसकी रिश्ते की बहन के अनुसार, वह विद्रोही स्वभाव की थी, आज़ादीपसन्द, लड़कों में दिलचस्पी लेनेवाली। होटल का वह कमरा तीन लोगों के लिए बहुत तंग रहा होगा।

बचपन में वह स्क्वेयर क्लिन्याकूर्र में खेलती रही होगी। कभी-कभी शहर का यह हिस्सा किसी देहात की तरह जान पड़ता था। शाम को आसपास के लोग वहाँ अपनी कुर्सियाँ लगा लेते थे और गपशप करते रहते थे। या कैफे की छत पर शर्बत पीने बैठ जाते थे। कभी-कभी चरवाहे या मेलों से लौट रहे दूसरे व्यापारी अपनी कुछ बकरियों के साथ वहाँ आते थे और बहुत सस्ते में दूध के बड़े-बड़े गिलास बेचने लगते थे। दूध में इतना झाग रहता था कि पीनेवाले को सफ़ेद मूँछें बन जाती थीं।

पोर्त दे क्लिन्याकूर्र एक चुंगी-फाटक और कस्टम बैरियर* होता था। इसके बाईं तरफ़ बाज़ार और घरों के ऊँचे इलाक़ों के बीच कितनी ही छप्पर वाली कबाड़ की दुकानें और नीची छतों वाले कोठरीनुमा घर थे, जिन्हें बाद में तोड़ दिया गया।

चौदह वर्ष की उम्र में यह कबाड़-मॉल मुझे बहुत आकर्षित करता था। दो-तीन चित्रों में मुझे कुछ जगहें जानी-पहचानी-सी लग रही हैं। ये सब चित्र सर्दियों में खींचे गए थे। अतीत की झलकियों की तरह। एक गुजरती हुई बस...एक खड़ी हुई लॉरी, जो मानो हमेशा के लिए वहीं ठहर गई हो। बर्फ़ से ढँके मैदान में बंजारों का एक कारवाँ, और एक काला घोड़ा। दूर, पृष्ठभूमि में कुछ ऊँची इमारतों की धुँधली-सी आकृतियाँ।

मुझे याद है, तब मुझे पहली बार एक ख़ालीपन का अहसास हुआ था। ऐसा अहसास जो किसी चीज़ के उजड़ जाने पर होता है, किसी चीज़ के हमेशा के लिए मिट्टी में मिल जाने से जुड़ा अहसास। हालाँकि तब डोरा ब्रूडर के अस्तित्व के बारे में मैं कुछ भी नहीं जानता था। शायद—बल्कि मुझे पूरा भरोसा है—वह इस इलाक़े की गलियों में घूमती रही होगी। वही इलाक़ा जो मुझ में गुप्त प्रेमियों के मिलने-बिछड़ने और एक खोई हुई ख़ुशी की टीस जैसी भावना जगाता रहा है। यहाँ गुज़रा हुआ अतीत गलियों-सड़कों के नामों के रूप में अब भी उभरता रहता है : एले दु पुई, एले दु मेट्रो, एले देस प्युपलियर्स, इम्पास देस शियाँ।

---

* पेरिस की क़िलेबन्दी के लिए अठारहवीं सदी में निर्मित फाटक जो पहले शिकारबाजी के नियंत्रण और बाद में माल पर आबकारी वसूलने के काम आते थे। इन्हें 1925-30 के आस-पास हटा दिया गया।

9 मई, 1940 को, चौदह वर्ष की उम्र में, डोरा कॉन्वेंट ऑफ़ द होली हार्ट ऑफ़ मैरी के बोर्डिंग स्कूल में दाख़िल हुई थी। यह स्कूल 12वें प्रान्त के 60-62 र्‌यू डी पीक्प्यूस में क्रिश्चियन स्कूल्स ऑफ़ डिवाइन मर्सी* की सिस्टरों द्वारा चलाया जाता था।

स्कूल के रजिस्टर में यह भर्ती मौजूद है—

नाम और प्रथम नाम : ब्रूडर, डोरा

जन्म का दिन और स्थान : 25 फ़रवरी, 1926, पेरिस 12, अर्नेस्ट और सेसिल ब्रूडर उर्फ बुर्देज की सन्तान।

पारिवारिक दर्जा : वैध

दाख़िले की तारीख़ और स्वरूप : 9 मई, 1940, पूर्ण बोर्डिंग आवास।

जाने की तारीख़ और कारण : 14 सितम्बर, 1941, शिष्या भाग गई है।

---

* क्रिश्चियन स्कूल ऑफ मर्सी द्वारा चलाया गया स्कूल सेंट-कोयूर्‌-दे-मैरी।

उसके माता-पिता ने उसे इस धार्मिक स्कूल में क्यों भेजा होगा? इसके पीछे क्या कारण रहे होंगे? निस्सन्देह, ऑर्नानो पथ के होटल का वह कमरा तीन लोगों के लिए तंग पड़ता होगा। मैं यह भी सोचता हूँ कि क्या भूतपूर्व आस्ट्रियाई नागरिक होने के नाते अर्नेस्ट और सेसिल ब्रूडर को नजरबंदी की धमकी दी गई होगी? 1938 में ऑस्ट्रिया का अस्तित्व ही ख़त्म हो गया था और वह 'रीश' का हिस्सा बन गया था।

1939 की पतझड़ में भूतपूर्व ऑस्ट्रियाई या 'रीश' के नागरिक होने के नाते बहुत-से पुरुषों को 'असेम्बली कैम्पों' में नजरबंद किया गया था। उन्हें दो श्रेणियों में बाँटा गया था—सन्दिग्ध और असन्दिग्ध। असन्दिग्धों को कोलोम्ब के ईव्स-दु-मैनॉयर स्टेडियम में ले जाया गया था। इसके बाद उन्हें 'विदेशी श्रमिक' के नाम से जानी जानेवाली श्रेणी में शामिल कर लिया गया था। क्या अर्नेस्ट ब्रूडर भी इन्हीं मज़दूरों में शामिल था?

13 मई 1940 को, डोरा ब्रूडर के कॉन्वेंट ऑफ़ द होली हार्ट ऑफ़ मैरी में दाखिले के चार दिन बाद, भूतपूर्व ऑस्ट्रियाई स्त्रियों और रीश-नागरिकों को बारी-बारी से बुलाकर वेलोद्रोम द' हिवर ले जाया गया था, जहाँ उन्हें तेरह दिनों तक नजरबन्दी में रखा गया था। जर्मन सेना के पहुँचने के बाद उन्हें बेस्से-पिरेनीस में गुर्स के एक शिविर में स्थानान्तरित कर दिया गया था। क्या सेसिल ब्रूडर भी इन स्त्रियों में शामिल थी?

आपको ऐसी अजीबोगरीब श्रेणियों में रख दिया जाता था जिनका आपने नाम भी नहीं सुना होता था, और जिनके साथ आपकी असलियत का कोई सम्बन्ध नहीं होता था। आपको बस बुलाया जाता था और किसी

शिविर में भेज दिया जाता था। आप समझ भी नहीं पाते थे कि ऐसा क्यों किया गया है।

*

मैं यह भी सोचता हूँ कि सेसिल और अर्नेस्ट ब्रूडर को कॉन्वेंट ऑफ़ द होली हार्ट ऑफ़ मैरी के बारे में पता कैसे चला। किसने उन्हें डोरा को वहाँ भेजने की सलाह दी?

मेरा ख़याल है कि चौदह वर्ष की उम्र तक पहुँचते-पहुँचते वह अपने आज़ादीपसन्द स्वभाव और उस विद्रोही प्रकृति का सबूत देने लगी होगी, जिसका ज़िक्र उसकी रिश्ते की बहन ने किया था। उसके माता-पिता को लगा होगा कि उसे अनुशासन की ज़रूरत है। इसीलिए इन यहूदियों ने एक ईसाई स्कूल का चुनाव किया। लेकिन क्या वे ख़ुद अपने धर्म का कड़ाई से पालन करनेवाले यहूदी थे? उनके सामने दूसरा रास्ता क्या था? उस ज़माने में इस ईसाई संस्था की मदर सुपीरियर पर एक जीवनीपरक टिप्पणी से पता चलता है कि स्कूल के ज़्यादातर बच्चे ग़रीब परिवारों से आते थे। इस टिप्पणी के अनुसार : "अकसर वे अनाथ या सामाजिक संरक्षण की ज़रूरत वाले बच्चे होते हैं, जिनके प्रति हमारे लॉर्ड के दिल में हमेशा ही विशेष प्रेम रहा है।" क्रिश्चियंस स्कूल्स ऑफ़ डिवाइन मर्सी की सिस्टरों पर केन्द्रित एक पुस्तिका में लिखा है—"होली हार्ट ऑफ़ मैरी का उद्देश्य उन शिशुओं और बच्चियों की तन-मन से सेवा करना है जो राजधानी के निर्धन परिवारों से सम्बन्ध रखती हैं।"

यह शिक्षा सिलाई-कढ़ाई और घर सँभालने की कला तक सीमित नहीं थी। क्रिश्चियन स्कूल्स ऑफ़ डिवाइन मर्सी की सिस्टरों का 'मदर हाउस' नोर्मंडी का प्राचीन मठ सेंट-सेव्योर-ली-विकोम्ट था। उन्होंने 1852 में एक परोपकारी संस्थान के रूप में होली हार्ट ऑफ़ मैरी स्कूल की स्थापना की थी। उन दिनों यह लड़कियों को तरह-तरह के कामकाज सिखाने का बोर्डिंग स्कूल हुआ करता था, जिसमें 500 लड़कियों के रहने की व्यवस्था थी। ये सब नौकरीपेशा परिवारों की लड़कियाँ होती थीं। इनकी देखभाल और प्रशिक्षण के लिए स्कूल में 75 ननों का स्टाफ था।

*

जून 1940 में फ्रांस की हार के बाद बोर्डिंग स्कूल की छात्राओं और ननों को यहाँ से निकालकर मेन-एट-लॉइरे डिपार्टमेंट में स्थानान्तरित कर दिया गया था। डोरा भी उन्हीं छात्राओं में रही होगी, जो ठसाठस भरी उन कुछ आख़िरी ट्रेनों में से किसी में सवार हुई होंगी जो ऑर्से और ऑस्टरलित्ज के स्टेशनों से अब भी चल रही थीं। वे उन शरणार्थियों के उस लम्बे जुलूस का अनुसरण कर रही थीं जो दक्षिण लॉइरे के इलाक़ों की तरफ़ निकले थे।

जुलाई का महीना पेरिस वापसी का महीना था। एक बार फिर बोर्डिंग स्कूल की ज़िन्दगी जीने का महीना। मुझे नहीं पता कि इस स्कूल की यूनीफ़ॉर्म क्या थी। क्या वही जो लापता होने के दिन डोरा पहने हुए थी? मैरून रंग का पुलोवर, नेवी-ब्लू स्कर्ट और भूरे रंग के स्पोर्ट्स शूज़? और इस सबके ऊपर शायद एक कुरता भी? मैं रोज़ाना

के टाइम-टेबल की कल्पना तो कर पा रहा हूँ। सुबह छह बजे सोकर उठना। चैपल में प्रार्थना। क्लास रूम। कार्यशाला। क्लास-रूम। खेल का मैदान। कार्यशाला। क्लास-रूम। प्रार्थना। सोने का कक्ष। विश्राम का दिन—रविवार। मेरा ख़याल है उन दीवारों के पीछे इन लड़कियों की ज़िन्दगी काफ़ी सख़्त रही होगी—जिनके प्रति हमारे लॉर्ड के दिल में हमेशा विशेष प्रेम रहा है।

मैंने सुना है कि पीक्प्यूस मार्ग के क्रिश्चियन स्कूल्स ऑफ़ डिवाइन मर्सी की सिस्टरों ने 1941 की गर्मियों में एक हॉलिडे कैम्प का आयोजन किया था। यह शिविर बेसिथी नामक एक जगह पर लगाया गया था। पता नहीं यह बेसिथी-सेंट-मार्टिन था या बेसिथी-सेंट-पियरे, क्योंकि दोनों गाँव पास-पास हैं और सेनलिस के नजदीक पड़ते हैं। शायद डोरा और उसकी सहपाठियों ने 1941 की गर्मियों के कुछ दिन इस शिविर में गुज़ारे हों।

*

होली हार्ट ऑफ़ मैरी की इमारतों का अब कोई अस्तित्व नहीं है। उनकी जगह आधुनिक अपार्टमेंट ब्लॉक उग आए हैं, जिनसे पता चलता है कि यह स्कूल कितने विशाल क्षेत्र में फैला हुआ था। इस लुप्त हो चुके स्कूल का मेरे पास एक भी चित्र नहीं है। पेरिस के एक पुराने नक़्शे में इसकी जगह को 'धार्मिक शिक्षागृह' के रूप में वर्णित किया गया है। चार छोटे वर्ग और क्रास का एक चिह्न कॉन्वेंट बिल्डिंगों और चैपल के अस्तित्व को दर्शाते हैं। एक लम्बा आयताकार घेरा पीक्प्यूस मार्ग से लेकर रुइली स्टेशन की गली तक फैले इसके मैदानों की परिधि को दर्शाता है।

कॉन्वेंट के ठीक सामने, पीक्प्यूस मार्ग के दूसरी तरफ़, नक्शा बहुत-से धार्मिक आवासों की श्रृंखला को दर्शाता है—द हाउस ऑफ कम्युनिटी ऑफ़ द मदर ऑफ़ गॉड, द लेडीज़ ऑफ़ द एडोरेशन, पीक्प्यूस ओरेटरी—और एक कब्रिस्तान भी, जहाँ 'टैरर' (आतंक) के आख़िरी महीनों में गिलोटिन पर चढ़ाए गए एक हज़ार से ज़्यादा लोगों को एक सामूहिक क़ब्र में दफ़न किया गया था। कॉन्वेंट वाली सड़क पर आगे चलकर एक तरह से इसी के विस्तार के रूप में लेडीज ऑफ़ सेंट क्लोथाइल्ड की प्रचुर सम्पत्ति दर्शाई गई है। इससे आगे लेडी डीकोनेसिस की सम्पत्ति भी, जहाँ एक दिन, अठारह वर्ष की उम्र में, मैं भी इलाज के लिए गया था। मुझे वहाँ के बगीचे की आज भी याद है। तब मुझे यह पता नहीं था कि वह जगह अपराध कर चुकी लड़कियों के लिए पुनर्वास केन्द्र भी थी। होली हार्ट ऑफ़ मैरी से कुछ ख़ास अलग नहीं। द गुड शेफर्ड से भी कुछ ख़ास अलग नहीं। ये संस्थाएँ—जहाँ आपको बन्द कर दिया जाता था और आपको यह भी पता नहीं होता था कि आपको कब छोड़ा जाएगा या छोड़ा भी जाएगा या नहीं—बड़े विचित्र नामों से जानी जाती थीं। द गुड शेफर्ड ऑफ़ एंगर्स। द रिफ़्यूज़ ऑफ़ डार्नेएल। द सेंक्चुअरी ऑफ़ सेंट मेरी ऑफ़ लिमोजेस। द सॉलिट्यूड ऑफ़ नजरेथ। सॉलिट्यूड।

...सॉलिट्यूड! अकेलापन!

*

60-62, पीक्प्यूस मार्ग में स्थित होली हार्ट ऑफ मैरी दरअसल पीक्प्यूस मार्ग और रुइली स्टेशन मार्ग के बिलकुल किनारे पर था। डोरा के जमाने

में यह इलाक़ा किसी किले की तरह सुरक्षित समझा जाता था। स्कूल के बाईं तरफ़ एक ऊँची दीवार थी, जिसके साथ-साथ कॉन्वेंट के ऊँचे पेड़ों की लम्बी क़तार थी।

इन स्थानों के बारे में मैंने थोड़ी जानकारी इकट्ठा की है। डोरा ब्रूडर को यहाँ रहते हुए लगभग डेढ़ वर्ष तक रोज़-रोज़ यही परिदृश्य देखना पड़ता होगा : रुइली के साथ-साथ एक लम्बा उद्यान था। कॉनवेंट की इमारतें इसी उद्यान और स्टेशन मार्ग के बीच रही होंगी। इस प्रांगण में कुछ चट्टानों के नीचे एक गुफा बनी हुई थी, जहाँ कॉन्वेंट के एक संरक्षक परिवार, मार्दरे परिवार, के सदस्यों को दफ़नाया जाता था।

मुझे नहीं पता कि होली हार्ट ऑफ मैरी में डोरा ब्रूडर की कुछ सहेलियाँ बनी थीं या नहीं। या वह अपने-आप में ही सिमटी रहती थी। जब तक मुझे उसकी किसी भूतपूर्व सहपाठिन से कोई जानकारी न मिल जाए, मैं सिर्फ़ अनुमान लगा सकता हूँ। आज पेरिस में, या आसपास किसी उपनगर में, कोई ऐसी सत्तर वर्षीय स्त्री ज़रूर होगी जिसे कक्षा में अपनी सहपाठिन या डोरमिट्री में अपनी साथिन के रूप में डोरा ब्रूडर की याद हो—उम्र 15 वर्ष, कद 1.55 मीटर, अंडाकार गोल चेहरा, सलेटी-भूरी आँखें, भूरे रंग की स्पोर्ट्स जैकेट, मैरून पुलओवर, नेवी-ब्लू स्कर्ट और हैट, भूरे रंग के स्पोर्ट्स शूज़।

यह किताब लिखते हुए मैं किसी लाइटहाउस के सिग्नल की तरह दूर-दूर तक संकेत भेज रहा हूँ। आकाशदीप की तरह—जिसका काम अंधकार को प्रकाश देना होता है। अफ़सोस, मुझे भाग्य पर विश्वास नहीं है। फिर भी, मैं उम्मीद पर ज़िन्दा हूँ।

उस ज़माने में होली हार्ट ऑफ़ मैरी की मदर सुपीरियर मेरी-ज्याँ-

बेपटिस्ट हुआ करती थीं। जैसाकि उनकी जीवनीपरक एक टिप्पणी में लिखा हुआ है, वे 1903 में पैदा हुई थीं। उनके नवशिष्य काल के बाद उन्हें सीधे पेरिस के होली हार्ट ऑफ़ मैरी स्कूल में भेज दिया गया था, जहाँ वे सत्रह वर्ष तक रही थीं, 1929 से 1946 तक। जिन दिनों डोरा ब्रूडर वहाँ थी, वे मुश्किल से चालीस वर्ष की रही होंगी।

उनकी जीवनीपरक टिप्पणी के अनुसार, वे 'स्वाधीन और उदार-हृदय' थीं और 'दृढ़ व्यक्तित्व की स्वामिनी' थीं। 1985 में उनका निधन हो गया—डोरा के बारे में मुझे पता चलने से तीन वर्ष पहले। उन्हें डोरा ब्रूडर ज़रूर याद रही होगी—भले ही सिर्फ़ इस कारण कि वह भाग गई थी। पर वे आख़िर मुझे क्या बता सकती थीं? रोज़मर्रा की कुछ घिसी-पिटी नीरस बातें? वे उदार-हृदय रही हों या नहीं, पर वे डोरा ब्रूडर के मन को नहीं भाँप पाईं। न यह जान पाईं कि उस लड़की को बोर्डिंग स्कूल की ज़िन्दगी में क्या कुछ झेलना पड़ रहा था; कि वह सुबह-शाम चैपल में खड़ी क्या सोचती रहती थी—उसके दिल और दिमाग़ में क्या चल रहा होता था? उसे विशाल प्रांगण में बनी नकली गुफा, स्कूल की उद्यान वाली दीवार, और बिस्तरों की लम्बी क़तारों वाली डोरमिट्री कैसी लगती थी!

*

मैं एक ऐसी स्त्री को ढूँढ़ने में सफल हो गया जो इस कॉन्वेंट में 1942 में दाख़िल हुई थी, डोरा ब्रूडर के भागने के कुछ महीने बाद। वह तब दस वर्ष की थी, डोरा से छोटी। होली हार्ट ऑफ़ मैरी की उसकी स्मृतियाँ एक बच्ची की स्मृतियाँ हैं। वह अपनी माँ के साथ गॉत-द'ओर ज़िले के एक

इलाक़े र्‌यू दि चार्तरे में अकेली रहा करती थी। यह जगह र्‌यू पोलोन्सो से ज़्यादा दूर नहीं है, जहाँ सेसिल, अर्नेस्ट और डोरा ब्रूडर रहा करते थे। उसकी माँ पोलिश मूल की यहूदी थी और भूख से बचने के लिए एक वर्कशाप में रात की पाली में काम करती थी जहाँ वेअरमाख़्त के लिए दस्ताने बनाए जाते थे। बच्ची र्‌यू ज्याँ-फ्रांसुआ लेपिन के स्कूल में जाती थी। 1942 के आख़िर में जब यहूदियों की धर-पकड़ शुरू हो गई तो स्कूल की हेडमास्टरनी ने उसे बच्ची को कहीं छिपा देने की सलाह दी। निस्सन्देह उसी ने उसे होली हार्ट ऑफ़ मैरी का पता भी दिया होगा।

बच्ची की असलियत छिपाने के लिए उसे कॉन्वेंट में 'सुजीन अल्बर्ट' के नाम से दाखिल किया गया। इसके बाद जल्दी ही वह बीमार पड़ गई और उसे सेनेटोरियम में भेज दिया गया। वहाँ एक डॉक्टर उसे देखने जाता था। कुछ समय बाद, जब बच्ची कुछ खाने-पीने से इनकार करने लगी, तो यह फ़ैसला लिया गया कि उसे कॉन्वेंट में नहीं रखा जा सकता।

उसे कॉन्वेंट के बारे में सिर्फ़ इतना याद है कि वहाँ सब कुछ काले रंग का था—दीवारें, क्लास-रूम, सेनेटोरियम—ननों के सफ़ेद कनटोपों को छोड़कर सब कुछ। वह किसी अनाथालय की तरह लगता था। बहुत कड़ा अनुशासन। कमरों को गर्म रखने का कोई प्रबन्ध नहीं। खाने के लिए सिर्फ़ कंद-मूल वाली सब्जियाँ। छह बजे शिष्याओं की प्रार्थना का समय हो जाता था। मैं यह पूछना भूल गया कि सुबह के छह बजे या रात के छह बजे।

डोरा ने 1940 की गर्मियाँ कॉन्वेंट में गुज़ारी थीं। रविवार को वह निश्चित ही अपने माता-पिता से मिलने जाती होगी, जो तब भी 41 ऑर्नानो वाले होटल के कमरे में रह रहे थे। मैं मेट्रो की योजना से उसके आने-जाने का रास्ता समझने की कोशिश कर रहा हूँ। सबसे आसान तरीका नेशन स्टेशन से मेट्रो पकड़ना है, जो कान्वेंट से सबसे नज़दीक पड़ता है। यहाँ से उसे पोंट-दे-सेव्रे से लाइन पकड़नी पड़ती होगी, जिसे स्ट्रासबर्ग-सेंट-डेनिस स्टेशन पर उतरकर बदलना पड़ता होगा। वहाँ से पोर्त दे क्लिन्याकूर्र वाली लाइन सीधे सैम्पलों स्टेशन पर उतारती है, जो सिनेमा और होटल के सामने ही है।

बीस वर्ष बाद मैं भी अकसर सैम्पलों से ही मेट्रो पकड़ा करता था। हमेशा रात के लगभग दस बजे। उस समय स्टेशन लगभग सुनसान होता था और ट्रेनें भी काफ़ी-काफ़ी देर बाद आती थीं।

रविवार की शाम को वह इसी रूट से वापस लौटती होगी। क्या उसके माता-पिता उसके साथ जाते थे? नेशन स्टेशन पर उतरकर उसे

चलना पड़ता होगा। पीक्प्यूस मार्ग के लिए सबसे छोटा रास्ता र्‌यू फेबरे-द' इग्लैंटिन से होकर जाता था।

यह एक जेल में लौटने जैसी बात थी। दिन ढल चुका होता होगा और मैदान से गुज़रते समय अँधेरा घिरने लगता होगा। उसे उस नकली गुफा और मक़बरे के पास से गुज़रना पड़ता होगा। सीढ़ियों पर दरवाज़े के पास एक लैम्प जलता रहता था। वह लम्बे कॉरीडोरों को पार करती होगी। वह चैपल में रविवार शाम की प्रार्थना का समय होता था। इसके बाद वही ख़ामोशी में लिपटी डोरमिट्री और बिस्तरों की क़तारें।

पतझड़ के दिन हैं। 2 अक्टूबर को पेरिस के अख़बारों में एक 'डिक्री' के रूप में एक सरकारी आदेश प्रकाशित होता है कि सभी यहूदी जनगणना के लिए पुलिस स्टेशन में अपना पंजीकरण करवाएँ। इसके लिए परिवार के मुखिया द्वारा एक पर्चा भरना काफ़ी है। भीड़भाड़ और लम्बी लाइनों से बचने के लिए सम्बन्धित लोगों को अपने नाम के पहले अक्षर के अनुसार वर्णमाला-क्रम से निर्धारित की गई तारीख़ को ही यह पर्चा भरने के लिए कहा गया था।

'बी' अक्षर से शुरू होनेवाले कुछ नामों के लिए 4 अक्टूबर का दिन निर्धारित किया गया था, इसलिए उस दिन अर्नेस्ट ब्रूडर भी क्लिन्याकूर्र के पुलिस थाने में पर्चा भरने पहुँचा था। लेकिन वह किसी कारण अपनी बेटी का पंजीकरण नहीं करवा पाया। जनगणना में हिस्सा लेनेवालों को एक क्रमांक दिया जाता था, जिसे उसके परिवार की फ़ाइल के साथ जोड़ दिया जाता था। इसे 'यहूदी डोज़ियर नम्बर' कहा जाता था।

अर्नेस्ट और सेसिल ब्रूडर का यहूदी डोजियर नम्बर 49091 था। लेकिन डोरा के पास कोई नम्बर नहीं था।

शायद अर्नेस्ट ब्रूडर ने सोचा होगा कि डोरा को कोई ख़तरा नहीं है। वह एक सुरक्षित जगह पर थी—होली हार्ट ऑफ़ मैरी के कॉन्वेंट में—इसलिए उसकी तरफ़ प्रशासन का ध्यान न खींचने में ही समझदारी थी। और फिर, चौदह वर्षीय डोरा के लिए यहूदी होने का अर्थ ही क्या था? आख़िर लोग 'यहूदी' शब्द से क्या अर्थ लगाते थे? ख़ुद अर्नेस्ट ब्रूडर ने इसके बारे में कभी सोचा तक नहीं था। उसे अधिकारियों द्वारा इस या उस श्रेणी में डाले जाने की आदत रही थी और वह कोई प्रश्न किए बिना इसे स्वीकार करता रहा था : अप्रशिक्षित श्रमिक/भूतपूर्व ऑस्ट्रियाई। फ्रेंच लिज़नेयर/असन्दिग्ध/भूतपूर्व सैनिक/100 प्रतिशत विकलांग। विदेशी क़ानूनी श्रमिक/यहूदी। यही सब उसकी पत्नी सेसिल के साथ भी होता रहा था : भूतपूर्व ऑस्ट्रियाई/असन्दिग्ध/पोस्तीनसाज की दर्ज़ी/यहूदिन। अब तक सिर्फ़ डोरा ही किसी तरह के वर्गीकरण या श्रेणीकरण से बची हुई थीं—डोजियर नम्बर 49091 से भी।

क्या पता, वह आख़िर तक बची ही रही हो। उसे सिर्फ़ कॉन्वेंट की उन काली दीवारों के भीतर सिमटे रहने की ज़रूरत थी, इसकी गहरी छायाओं का हिस्सा बने रहने की, और दिन और रात के रुटीन का नियम से पालन करते रहने की—ताकि उसकी तरफ़ किसी का ध्यान न जाए। डोरमिट्री। चैपल। कार्यशाला। खेल का मैदान। क्लास-रूम। चैपल। फिर डोरमिट्री।

संयोग से—लेकिन क्या यह सिर्फ़ संयोग मात्र ही था?—होली हार्ट ऑफ़ मैरी का कॉन्वेंट उस जगह के ठीक सामने था जहाँ उसका जन्म हुआ था—15 र्यू सेंतेयर। दरअसल रोत्शील्ड अस्पताल का मेटरनिटी वार्ड र्यू दि ला गेरे-दि-रूइली का ही विस्तार था और कॉन्वेंट की दीवार के साथ-साथ चलता था।

वह छायादार पेड़ों से घिरा एक शान्त और सुनसान क्षेत्र था। जून 1971 में, पच्चीस वर्ष की उम्र में, मैं एक पूरा दिन इसी इलाक़े का चक्कर लगाता रहा था। मुझे वहाँ कोई बदलाव दिखाई नहीं दिया था। बीच-बीच में बारिश होती रही थी और मुझे किसी अहाते की छत के नीचे खड़ा होना पड़ता था। उस दोपहर, पता नहीं क्यों, मुझे ऐसा महसूस होता रहा था कि मैं किसी दूसरे के क़दमों पर चल रहा हूँ।

1942 की गर्मियों तक होली हार्ट ऑफ़ मैरी के आसपास का इलाक़ा बहुत ख़तरनाक बन चुका था। दो वर्षों से वहाँ लगातार पुलिस के छापे पड़ रहे थे—रोत्शील्ड अस्पताल, इसका अनाथालय, र्यू लैमलार्डी, हॉस्पाइस और 76 र्यू पीक्प्यूस—जहाँ डोरा के जन्म प्रमाणपत्र पर हस्ताक्षर करनेवाला गेस्पर मेयेर रहता और काम करता था। रोत्शील्ड अस्पताल में ड्रेंसी के शिविर से लाए गए कई बीमार बन्दी भी भर्ती थे। जर्मन उन पर एक प्राइवेट जासूसी एजेंसी की मदद से कड़ी निगरानी रखते थे जिसका नाम फारालिक था। उन्हें कभी भी जब भी जर्मन चाहते, शिविर में वापस भेजा जा सकता था। डोरा की उम्र के या उससे भी छोटे कई बच्चे रोत्शील्ड अनाथालय में छिपे पाए गए थे, जिन्हें पुलिस के छापों के बाद गिरफ़्तार कर लिया गया था। इसी तरह, कॉन्वेंट की दीवार के ठीक सामने र्यू दि ला गेरे-दि-रूइली में भी डोरा की उम्र के या उससे

छोटे नौ लड़के-लड़कियों को उनके परिवारों सहित गिरफ़्तार कर लिया गया था। कुल मिलाकर, कॉन्वेंट की दीवारों के अन्दर सिमटा इलाक़ा एक ऐसा इलाक़ा था जो पुलिस के छापों और गिरफ़्तारियों से सुरक्षित था। शर्त सिर्फ़ यह थी कि आप कभी इन दीवारों से बाहर न निकलें और इसकी लम्बी काली छायाओं में चुपचाप दुबके पड़े रहें। एक ऐसी जगह जो आए दिन के कर्फ़्यू के दौरान दुनिया से और ज़्यादा कट जाती थी।

*

मैं ये पृष्ठ नवम्बर 1996 में लिख रहा हूँ। बारिश थमने का नाम नहीं ले रही। कल हम दिसम्बर में प्रवेश कर जाएँगे और डोरा को कॉन्वेंट से भागे पचपन वर्ष हो चुके होंगे। अँधेरा आजकल जल्दी हो जाता है और यह अच्छा ही है। रात इन भीगे हुए दिनों की एकरसता पर एक पर्दा-सा डाल देती है—ऐसे दिन जिन्हें देखकर सोचना पड़ता है कि क्या सचमुच दिन ही है—या यह दिन और रात के बीच का कोई समय है। फिर अँधेरा घिरने लगता है और खम्भों के बल्ब और दुकानों और रेस्तराँओं की रोशनियाँ जल उठती हैं। हवा में एक ताज़गी महसूस होने लगती है। अँधेरे और उजाले का फ़र्क़ बढ़ जाता है। चौराहों पर ट्रैफिक जैम होने लगते हैं और सड़कों पर आते-जाते लोगों के क़दमों की रफ़्तार बढ़ जाती है। इन तमाम रोशनियों और इस सारी भगदड़ के बीच मैं मुश्किल से ही यक़ीन कर पाता हूँ कि यही वह शहर है जहाँ डोरा अपने माता-पिता के साथ रहा करती थी, या जहाँ मेरे पिता तब रहा करते थे जब वे मेरी आज की उम्र से बीस वर्ष छोटे थे। मुझे लगता है कि उस समय के पेरिस

और आज के पेरिस के बीच मैं इकलौता सूत्र हूँ, इकलौता ऐसा व्यक्ति हूँ जो इन सब बातों को याद कर रहा है। कई बार ऐसे क्षण आते हैं जब यह सूत्र टूटने की कगार पर होता है, और ऐसी शामें भी होती हैं जब कल का शहर आज के शहर के पीछे लुक-छिपकर झिलमिलाता प्रतीत होता है।

मैं 'लेस मिज़रेबल्स' के पाँचवें और छठे भाग को फिर से पढ़ने में लगा हुआ हूँ। विक्टर ह्यूगो ने पीछा कर रहे जेवर्ट से बचकर भाग रहे कॉसेटी और ज्याँ वालज्याँ को रात के समय पेरिस से गुज़रते हुए दिखाया है—सेंट-जाक टोलगेट से लेकर पेटिट पीक्प्यूस तक। उनके रास्ते के एक हिस्से को नक़्शे पर देखकर भी समझा जा सकता है। वे सीन नदी के नज़दीक पहुँचते हैं तो कॉसेटी थकान महसूस करने लगती है। ज्याँ वालज्याँ उसे अपनी बाँहों में उठा लेता है। पीछे की गलियों से होते हुए वे किसी तरह नदी किनारे पहुँचते हैं। वे ऑस्ट्रेलीज़ पुल को पार करते हैं। ज्याँ वालज्याँ दाएँ किनारे पर पाँव रखता ही है कि उसे पुल पर कुछ लोगों की छायाएँ दिखाई देती हैं। बचने का एक ही रास्ता है—वह ख़ुद से कहती है—र्‌यू डु चेमीं-वर-सेंट-एंटोनी के रास्ते आगे बढ़ना।

इसके बाद पढ़नेवाले को एक झटका लगता है, वह चकरा जाता है—मानो जेवर्ट और उसकी पुलिस से बचने के लिए कॉसेटी और ज्याँ वालज्याँ एकाएक अन्तरिक्ष में कहीं कूद गए हों। अब तक का उनका रास्ता पेरिस की सचमुच की गलियों और सड़कों का रास्ता था। लेकिन अब अचानक ही विक्टर ह्यूगो उन्हें पेरिस के एक काल्पनिक इलाक़े 'पेटिट पीक्प्यूस' में ले जाते हैं। अब आपको वैसे ही पराएपन और अजनबीपन की भावना कचोटने लगती है जैसे किसी सपने में किसी

अनजान प्रदेश से सामना होने पर होती है। नींद खुलने पर आपको धीरे-धीरे अहसास होता है कि सपने में दिखाई दिया वह अनजान प्रदेश एक जाने-पहचाने प्रदेश से कितना मिलता-जुलता है।

मुझे सबसे ज़्यादा विचलित इससे आगे का हिस्सा करता है : कॉसेटी और ज्याँ वालज्याँ आख़िर में एक ऐसी जगह पहुँच जाते हैं जिसका भूगोल और गलियों-सड़कों के नाम विक्टर ह्यूगो की कल्पना की देन हैं। वे दोनों एक दीवार के पीछे दुबककर एक पुलिस दल को चकमा देने में सफल हो जाते हैं। इसके बाद वे अपने-आपको 'एक बाग़ में पाते हैं जो विशाल और अपने आपमें अनोखा है : उन विषादमय बाग़ों में से एक जो सर्दियों की रात में देखने के लिए ही बने हों।'

इन दोनों को छिपने में मदद देनेवाला यह उद्यान कॉन्वेंट का उद्यान है। विक्टर ह्यूगो ने इसका पता भी वही रखा है—नम्बर 62, र्‌यू दि पेटिट-पीक्प्यूस—वही पता जो होली हार्ट ऑफ मैरी के कॉन्वेंट का पता था और जहाँ डोरा ब्रूडर रहा करती थी।

विक्टर ह्यूगो ने लिखा है, "इस कहानी के ज़माने में इस कॉन्वेंट में एक बोर्डिंग स्कूल होता था। वहाँ रहनेवाली लड़कियाँ नीली पोशाक के साथ सफ़ेद टोपियाँ पहना करती थीं। पेटिट पीक्प्यूस के इस अलग-थलग अंचल के भीतर तीन शान्त और भारी इमारतें थीं—मुख्य कॉन्वेंट जहाँ ननें रहा करती थीं, लड़कियों के लिए बोर्डिंग स्कूल, और 'लिटिल कॉन्वेंट' के नाम से जानी जानेवाली इमारत।"

इस जगह का बिलकुल स्पष्ट वर्णन करने के बाद विक्टर ह्यूगो आगे लिखते हैं, "हम इस अनूठे अनजान और लुके-छिपे से क्षेत्र से इसकी इमारतों में प्रवेश किए बिना नहीं गुज़र सकते...और न ही उन लोगों के

दिमाग़ में प्रवेश किए बिना जो हमारे साथ थे, और जो शायद कुछ लोगों के फ़ायदे के लिए ज्याँ वालज्याँ की दर्द-भरी कहानी हमसे सुनते हैं।"

*

अपने से पहले के बहुत-से लेखकों की तरह मैं भी संयोगों में विश्वास करता हूँ...और कभी-कभी लेखक को प्राप्त अन्तर्बोध के वरदान में भी। शायद 'वरदान' या 'उपहार' उसके लिए सही शब्द नहीं हैं, क्योंकि इनमें 'श्रेष्ठता' का भाव निहित है। अन्तर्बोध सीधे-सीधे लेखन के पेशे से जुड़ी हुई चीज़ है और कल्पनाशीलता का एक अनिवार्य विस्तार है। यह स्थितियों को बारीकी से और गहराई से जानने की सनक या लगन होती है, जो हमें हमारे प्राकृतिक आलस्य का शिकार नहीं होने देती। वह तनाव, वह मस्तिष्कीय अभ्यास जिसे 'लाराउस' शब्दकोश में 'अतीत या भविष्य की घटनाओं को लेकर अन्तर्बोधीय झलकियाँ' के रूप में परिभाषित किया गया है। मैं इसी अन्तर्बोधीय दृष्टि या झलकियों की बात कर रहा हूँ।

दिसम्बर 1988 में 'पेरिस स्वार' के दिसम्बर 1941 के अंक में डोरा की गुमशुदगी की घोषणा पढ़ने के बाद मैं महीनों तक इसके बारे में सोचता रहा था। कुछ स्पष्ट जानकारियाँ रह-रहकर मेरे ख़यालों में विशेष तरह उभरती रही थीं—"41 बूलेवा ऑर्नानो, 1.55 मीटर, अंडाकार गोल चेहरा, सलेटी-भूरी आँखें, भूरे रंग की स्पोर्ट्स जैकेट, मैरून पुलओवर, नेवी-ब्लू स्कर्ट और हैट, भूरे रंग के स्पोर्ट्स शूज़।" और फिर ये सभी चित्र रात और अज्ञात, विस्मरण और विलुप्तता के अँधेरों में खो जाते थे।

यह बिलकुल असम्भव लगता था कि मुझे डोरा ब्रूडर का कोई छोटा-सा भी सुराग मिल सकेगा। उन दिनों एक ख़ालीपन, एक खोएपन की इसी भावना ने मुझे अपना उपन्यास 'हनीमून'* लिखने के लिए प्रेरित किया।

मुझे ऐसा लगता था कि यह डोरा ब्रूडर के बारे में सोचते रहने और उसके अस्तित्व को एक ज़मीन, एक जगह, एक पृष्ठभूमि देने का अच्छा तरीक़ा था। मुझे उसके माता-पिता के बारे में या उसके लापता होने से जुड़ी परिस्थितियों के बारे में कुछ भी पता नहीं था। मेरे पास कुल मिलाकर इतनी जानकारी थी : मैंने सिर्फ़ उसका नाम लिखा हुआ देखा था—'डोरा ब्रूडर' (उसके जन्म की तारीख़ या स्थान के बारे में कोई जानकारी नहीं), जो उसके पिता के नाम के ऊपर लिखा हुआ था—'अर्नेस्ट ब्रूडर, 21.5.99, विएना में जन्म, राष्ट्रविहीन'—और जो 18 सितम्बर 1942 को आउशवित्ज के लिए रवाना हुए यहूदियों की सूची में शामिल था।

'हनीमून' लिखने के दौरान मेरे ख़यालों में 1960 के दशक के ज़माने की कुछ खास महिलाएँ थीं—एने.बी., बेला डी.—जो लगभग डोरा की उम्र की थीं और एक तो एक ही महीने छोटी या बड़ी, जिन्हें जर्मन क़ब्ज़े के दौरान लगभग वैसी ही परिस्थितियों का सामना करना पड़ा था और लगभग वैसी ही नियति झेलनी पड़ी थी, और जो शायद दिखती भी डोरा जैसी ही होंगी। आज मुझे अचानक ही यह ख़याल आ रहा है कि 200 पृष्ठ लिख देने के बाद ही मुझे अचेतन स्तर पर सच्चाई की एक हल्की-सी झलक दिखाई दी थी।

---

* 1990 में 'वोएज दि नोसेस' के नाम से गेलीमार, पेरिस द्वारा फ्रांस में और 1992 में हार्विल, लंदन द्वारा ग्रेट ब्रिटेन में प्रकाशित।

यह झलक कुछ ही पंक्तियों तक सीमित थी—'ट्रेन नेशन स्टेशन पर रुक गई थी। रेलवे लाइन यहीं ख़त्म हो जाती थी। रिगाद और इंग्रिस बास्तिल से आगे निकल आए थे, जहाँ से उन्हें पोर्ते डोरी वाली लाइन पकड़नी चाहिए थी। वे मेट्रो से बाहर निकले तो सामने बर्फ़ का विशाल मैदान था।...बूलेवा सॉल्ट तक जाने के लिए स्लेज को कई छोटी गलियों से होकर गुज़रना पड़ा।*

ये अन्दरूनी गलियाँ र्‍यू डि पीक्प्यूस और होली हार्ट ऑफ मैरी के कॉन्वेंट के पीछे पड़ती थीं, जहाँ से दिसम्बर की उस रात डोरा ब्रूडर भागने में सफल रही थी। उस रात भी शायद बर्फ़ गिरती रही होगी।

पूरी किताब में यही एक क्षण था जब मैं अनजाने ही स्थान और काल के लिहाज से डोरा के बहुत नज़दीक पहुँच गया था।

---

* 'हनीमून', हार्विल, लंदन, 1992

स्कूल के रजिस्टर में डोरा ब्रूडर के नाम के आगे 'जाने की तारीख़ और कारण' का सिर्फ़ इतना विवरण दिया हुआ है—'14 दिसम्बर 1941, शिष्या भाग गई है।'

वह रविवार का दिन था। मेरा ख़याल है उसने माता-पिता से मिलने की छुट्टी का फ़ायदा उठाया होगा। उस शाम वह हमेशा की तरह कॉन्वेंट में नहीं लौटी।

वर्ष के वे आख़िरी हफ़्ते पेरिस पर जर्मन क़ब्ज़े के दौर का सबसे भयानक और घुटन-भरा समय था। 8 से 14 दिसम्बर के बीच राजनीतिक हत्या के दो विफल प्रयासों के परिणामस्वरूप जर्मनों ने शाम के छह बजे से कर्फ़्यू की घोषणा कर दी थी। इसके बाद 12 दिसम्बर को 700 फ्रांसीसी यहूदियों की धर-पकड़ की घटना हुई थी। साथ ही समूचे यहूदी समुदाय पर सौ करोड़ फ्रांक का जुर्माना ठोंक दिया गया था। उसी दिन सुबह मोंते वेलेरियन में सत्तर बन्दियों को गोलियों से भून दिया गया था। 10 दिसम्बर को पुलिस प्रमुख द्वारा जारी एक आदेश

में सीन के डिपार्टमेंट में रहनेवाले फ्रांसीसी और विदेशी यहूदियों को समय-समय पर जाँच प्रक्रिया से गुज़रने और 'यहूदी' या 'यहूदिन' के ठप्पे वाला अपना विशेष पहचान-पत्र दिखाने के लिए कहा गया था। विभाग से उनके बाहर आने-जाने पर सख़्त प्रतिबन्ध था और पता बदलने की स्थिति में इसकी सूचना चौबीस घंटे के भीतर पुलिस को देना अनिवार्य था।

16वें प्रान्त के कुछ हिस्सों में पहली दिसम्बर से ही कर्फ़्यू जारी था। कोई भी व्यक्ति शाम के छह बजे के बाद इस इलाक़े में प्रवेश नहीं कर सकता था। लोकल मेट्रो स्टेशनों को बन्द कर दिया गया था। इनमें सैम्पलों स्टेशन भी शामिल था, जो अर्नेस्ट और सेसिल ब्रूडर के होटल से सबसे नज़दीक पड़ता था। इस होटल से कुछ ही दूर र्‌यू शौम्पियानो में एक हैंड ग्रेनेड फेंके जाने की घटना हुई थी।

*

तीन दिन तक कर्फ़्यू लगा रहा था। जैसे ही इसे हटाया गया, समूचे 10वें प्रान्त में एक और कर्फ़्यू लगा दिया गया। वहाँ बूलेवा मजेंटा में कुछ अनजान व्यक्तियों ने एक जर्मन अधिकारी पर गोलियाँ चलाई थीं। इसके बाद 8 से 14 दिसम्बर तक का आम कर्फ़्यू लगा। 14 दिसम्बर रविवार का दिन था—डोरा के कॉन्वेंट से लापता होने का दिन।

ज़िला-दर-ज़िला बत्तियाँ गुल होने लगीं। होली हार्ट ऑफ मैरी के कॉन्वेंट के आसपास का पूरा शहर एक काली अँधेरी जेल में बदल जाता। डोरा 60-62 र्‌यू दि पीक्प्यूस की ऊँची दीवारों के पीछे थी तो उसके माता-पिता अपने होटल के कमरे में कैद थे।

अक्टूबर 1940 में डोरा के पिता ने उसे एक 'यहूदिन' के रूप में दर्ज नहीं करवाया था, इसलिए उसे 'यहूदी डोज़ियर नम्बर' भी नहीं मिला था। लेकिन 10 दिसम्बर को पुलिस द्वारा जारी आदेश में यह भी कहा गया था कि 'परिवार में आए बदलावों की सूचना दर्ज करवाना' अनिवार्य था। मुझे नहीं लगता कि डोरा के पिता के पास इतनी फ़ुर्सत रही होगी या उसकी इच्छा ही रही होगी कि उसने उसके भागने से पहले पुलिस की फ़ाइल में उसका नाम दर्ज करवा दिया हो। उसने यही सोचा होगा कि जब तक वह होली हार्ट ऑफ़ मैरी के कॉन्वेंट में है, पुलिस को उसके अस्तित्व को लेकर कोई सन्देह नहीं हो सकता।

हम भागने का फ़ैसला क्यों करते हैं? मुझे 18 जनवरी 1960 को अपना ख़ुद का भागना याद है, हालाँकि तब दिसम्बर 1941 के दिनों जैसी काली और भयानक स्थितियाँ नहीं थीं। मेरा भागना जो मुझे विलाकॉब्ले के हवाई क्षेत्र के हैंगरों के पार ले गया, डोरा से सिर्फ़ एक बिन्दु पर समान था—दोनों बार सर्दियों का मौसम था। लेकिन मेरे भागने की सर्दियाँ शान्त और आम सर्दियाँ थीं, जिनकी तुलना अठारह वर्ष पहले की सर्दियों से नहीं की जा सकती थी। फिर भी ऐसा लगता है कि भाग निकलने की आकस्मिक सनक का सम्बन्ध उन अँधेरे, बर्फ़ीले दिनों से हो सकता है जब आपका अकेलापन आपको और भी ज़्यादा बींधने लगता है...जब किसी मँडराते ख़तरे

की गहरी अनुभूति आपको रह-रहकर डँसने लगती है...और आपको लगता है कि जाल बस अब कसा कि अब कसा!

*

रविवार 14 दिसम्बर का दिन कर्फ़्यू हटाए जाने का पहला दिन था। लोग अब शाम को छह बजे के बाद भी बाहर आ-जा सकते थे। लेकिन जर्मन समय* लागू होने के कारण दोपहर बाद से ही मानो रात हो जाती थी।

डिवाइन मर्सी की सिस्टरों को किस समय यह पता चला होगा कि डोरा ग़ायब है! यह ज़रूर शाम का समय रहा होगा। शायद चैपल में रविवार शाम की प्रार्थना के बाद, जब शिष्याएँ अपने सोने के कक्ष यानी डोरमिट्री में गई होंगी। मेरा ख़याल है मदर सुपीरियर ने फ़ौरन डोरा के माता-पिता से संपर्क करने की कोशिश की होगी कि कहीं वह अब तक घर पर ही तो नहीं है। क्या उसे पता था कि डोरा और उसके माता-पिता यहूदी हैं? उनकी जीवनीपरक टिप्पणी में लिखा है—"सिस्टर मेरी-ज्याँ-बेपटिस्ट के साहस और सहृदयता के कारण बहुत-से उत्पीड़ित यहूदी परिवारों के बच्चों को होली हार्ट ऑफ मैरी में शरण मिली थी। उन्हें अपनी ही तरह की साहसी ननों का पूरा समर्थन प्राप्त था, जो बड़ी होशियारी और ज़िम्मेदारी से उन्हें अपना सहयोग दे रही थीं। सिस्टर मेरी-ज्याँ-बेपटिस्ट इन बच्चियों की रक्षा के लिए कुछ भी करने को तैयार थीं और उन्हें किसी भी ख़तरे की परवाह नहीं थी।"

---

* क़ब्ज़े के बाद फ्रांस में घड़ियों को जर्मन समय के अनुसार एक घंटा आगे कर दिया गया था।

लेकिन डोरा का मामला थोड़ा अलग था। मई 1940 में वह होली हार्ट ऑफ मैरी में दाख़िल हुई थी। उस समय तक यहूदियों पर अत्याचारों का क्रम शुरू नहीं हुआ था। वह अक्टूबर 1940 में हुई यहूदियों की जनगणना से भी बची रही थी। जुलाई 1942 में धर-पकड़ का सिलसिला शुरू होने के बाद ही धार्मिक संस्थाओं ने यहूदी बच्चों को छिपाना शुरू किया था। डोरा लगभग डेढ़ वर्ष से होली हार्ट ऑफ मैरी के कॉन्वेंट में रह रही थी। इस बात की बहुत ज़्यादा सम्भावना है कि शायद वह कॉन्वेंट की इकलौती यहूदी शिष्या हो। क्या कॉन्वेंट की ननों को इस बात का पता था? और दूसरे बच्चों को?

41 बूलेवा ऑर्नानो के नीचे की मंज़िल पर स्थित कैफे मार्कल में टेलीफ़ोन मौजूद था। मौंमार्त्र 44-74। लेकिन मैं यह नहीं जानता कि इसकी कोई लाइन होटल तक जाती थी या नहीं, या होटल मालिक भी मार्कल ही था या नहीं। उस समय की टेलीफ़ोन डायरेक्ट्री में होली हार्ट ऑफ़ मैरी के कॉन्वेंट के नाम कोई फ़ोन दर्ज नहीं है। मुझे क्रिश्चियंस स्कूल्स ऑफ़ डिवाइन मर्सी की सिस्टरों का एक और पता भी मिला है, जो शायद 1942 में कॉन्वेंट का ही कोई विस्तार रहा होगा—64 र्‌यू-सें-मॉर। क्या डोरा कभी वहाँ जाती थी? लेकिन वहाँ भी कोई टेलीफ़ोन मौजूद नहीं था।

क्या पता, मदर सुपीरियर ने कैफे मार्कल में फ़ोन करने से पहले सोमवार तक इन्तज़ार किया हो; या जिसकी ज़्यादा सम्भावना है, किसी नन को 41 बूलेवा ऑर्नानो भेजा हो—बशर्ते कि सेसिल और अर्नेस्ट ब्रूडर ख़ुद ही कॉन्वेंट में न चले आए हों।

अगर यह पता हो कि 14 दिसम्बर, 1941 के दिन मौसम कैसा था, तो हमें कुछ मदद मिल सकती है। शायद डोरा के भागने का वह

दिन सर्दियों का कोई सुहाना दिन रहा हो—जब हल्की-हल्की धूप के कारण मौसम कुछ लुभावना हो जाता है और आप एक अवकाश और शाश्वतता की भावना महसूस करने लगते हैं—मानो समय कहीं ठहर गया हो। यही वह समय होता है जब आपको लगता है कि आप चुपके-से उस जाल से खिसक सकते हैं जो धीरे-धीरे आपको अपने चंगुल में कसता जा रहा है।

काफ़ी लम्बे समय तक मुझे कुछ भी जानकारी नहीं थी कि 14 दिसम्बर को डोरा ब्रूडर के भागने और 'पेरिस स्वार' में उसके लापता होने की सूचना छपने के बाद क्या हुआ। आख़िर मुझे पता चला कि इसके आठ महीने बाद 13 अगस्त, 1942 को उसे ड्रेंसी के शिविर में भेजा गया था। फ़ाइल में मौजूद जानकारी के अनुसार उसे तोरेल शिविर से वहाँ लाया गया था। दरअसल, 13 अगस्त को 300 यहूदी स्त्रियों को तोरेल से ड्रेंसी के शिविर में स्थानान्तरित किया गया था।

तोरेल का बन्दी शिविर पोर्ते देस लिलास के पास 11 बूलेवा मॉर्तिएर की पुरानी उपनिवेशीय बैरकों में स्थित था। अक्टूबर 1940 में इन बैरकों को ऐसे विदेशी यहूदियों को बन्दी रखने के लिए खोला गया था जिनकी स्थिति 'अनियमित' मानी जा रही थी। लेकिन 1941 के बाद पुरुषों को सीधे ड्रेंसी या लॉयरे के शिविरों में भेजा जाने लगा, और इन बैरकों को जर्मन नियमों का उल्लंघन करनेवाली यहूदी स्त्रियों को रखने के लिए इस्तेमाल किया जाने लगा। इसके अलावा कम्युनिस्ट

या अपराधी समझी जानेवाली यहूदी स्त्रियों को भी इसी शिविर में रखा जाने लगा।

डोरा ब्रूडर को तोरेल के शिविर में कब भेजा गया था और क्यों? क्या कोई ऐसा दस्तावेज़, कोई ऐसा सुराग मौजूद था जिससे इस प्रश्न का उत्तर मिल सके? मेरे पास अनुमान लगाने के अलावा और कोई चारा नहीं था। शायद उसे किसी गली में गिरफ़्तार कर लिया गया हो। उसके कॉन्वेंट से भागने के दो महीने बाद, फ़रवरी 1942 में, पुलिस ने यह आदेश जारी किया था कि यहूदियों को अपना पता बदलने या रात के आठ बजे के बाद घर से बाहर निकलने की अनुमति नहीं है। इसके बाद गलियों-सड़कों की पहले से ज़्यादा और सख़्त निगरानी की जाने लगी थी।

लेकिन काफ़ी उधेड़-बुन के बाद मुझे यह सम्भावना ज़्यादा सही प्रतीत हुई कि डोरा ज़रूर फ़रवरी के उन बर्फ़ीले और धुँधलके-भरे दिनों में पकड़ी गई होगी, जब 'पी.क्यू.जे.' यानी यहूदी मामलों से जुड़ी पुलिस* मेट्रो स्टेशनों, सिनेमाघरों और नाट्य-थिएटरों—में घात लगाकर लुके-छिपे यहूदियों को पकड़ रही थी। दरअसल मुझे यह सोचकर बड़ी हैरानी हो रही थी कि एक सोलह वर्षीय लड़की जिसकी शक्लो-सूरत और गुमशुदगी का पुलिस को पता था, इतने दिनों तक पुलिस को चकमा देने में कैसे सफल रही! क्या उसे छिपने की कोई जगह मिल गई थी? लेकिन 1941-42 की उन सर्दियों में, जब पेरिस के क़ब्ज़े के बाद जर्मन अत्याचारों का क्रूरतम और अमानवीय दौर अपने चरम पर था—जब नवम्बर से बर्फ़ गिरनी शुरू हो गई हो थी और जनवरी तक शहर का तापमान माइनस 15^0

* इस विशेष पुलिस दस्ते 'पी.क्यू.जे.' की स्थापना नवम्बर, 1941 में हुई थी।

सेल्सियस तक जा पहुँचा था और हर तरफ़ सिर्फ़ बर्फ़ के ढेर दिखाई दे रहे थे—फिर फ़रवरी में और बर्फ़ पड़ी थी, उसे कहाँ पनाह मिली होगी? बर्फ़ से ढँके पेरिस में वह कैसे ज़िन्दा रही होगी?

मैं कल्पना कर रहा हूँ कि 'उन्होंने' फ़रवरी में उसे दबोचा होगा। 'वे' या तो बाल सुरक्षा दल* के वर्दीधारी इंस्पेक्टर रहे होंगे जिन्होंने अपनी गश्त के दौरान उसे किसी गली में या सड़क पर पकड़ लिया होगा, या फिर वे सार्वजनिक स्थानों पर अचानक छापे मार रहे यहूदी मामलों की पुलिस के लोग रहे होंगे।

संस्मरणों की एक किताब में मैंने पढ़ा था कि अठारह-उन्नीस वर्ष की बहुत-सी यहूदी लड़कियों को, जिनमें से कुछ डोरा की तरह पन्द्रह-सोलह वर्ष की थीं, 'जर्मन क़ानूनों' का उल्लंघन करने पर तोरेल के बन्दी शिविर में भेजा गया था। उसी फ़रवरी में जब जर्मन पुलिस द्वारा जारी 'डिक्री' लागू हुई थी, मेरे पिता भी चैम्पस एलिसी में हुई एक धर-पकड़ में पकड़े गए थे। वे र्‍यू दि मेरिनां के एक रेस्तराँ में अपनी एक महिला मित्र के साथ भोजन कर रहे थे कि यहूदी मामलों की पुलिस ने अचानक आकर रेस्तराँ का दरवाज़ा बन्द कर दिया और हर किसी के काग़ज़ देखे जाने लगे। मेरे पिता के पास अपनी पहचान का कोई प्रमाण नहीं था, इसलिए उन्हें गिरफ़्तार कर लिया गया। जिस काली मारिया वैन में उन्हें र्‍यू ग्रेफुल्हे स्थित पी.क्यू.जे. के हेडक्वार्टर में ले जाया गया, उसमें अन्य लोगों के साथ एक सत्रह-अठारह वर्ष की लड़की भी थी। अँधेरा होने के कारण वे उसे ठीक से नहीं देख सके। उन्हें पुलिस के उस तहख़ानेनुमा हेडक्वार्टर की पहली मंज़िल पर ले जाया गया तो वह लड़की न जाने

* ब्रिगेड देस माइनर्स

कहाँ गुम हो गई। पहली मंज़िल पर विभाग के प्रमुख किसी सुपिरिंटेंडेंट श्वेबलिन का दफ़्तर था। कुछ देर बाद मेरे पिता को वापस नीचे लाया गया, जहाँ से उन्हें 'डिपो'* में भेजा जाता था। लेकिन सीढ़ियों से उतरते समय अचानक बत्ती गुल हो गई और मेरे पिता अँधेरे का फ़ायदा उठाकर वहाँ से भागने में सफल हो गए।

जून 1963 में एक रात हम चैम्पस ऐलिसी के एक रेस्तराँ में खाना खा रहे थे तो मेरे पिता ने अचानक ही इस घटना और उस लड़की का ज़िक्र कर दिया था। वह रेस्तराँ हमारे रेस्तराँ के बिलकुल सामने ही था जहाँ से उन्हें बीस वर्ष पहले गिरफ़्तार किया गया था। उन्होंने मुझे उस लड़की की शक्लो-सूरत या पहनावे के बारे में कुछ भी नहीं बताया था। मैं भी इस बात को लगभग भूल ही गया था, जब तक कि मुझे डोरा ब्रूडर नाम की एक लड़की के अस्तित्व का पता नहीं चला था। तब अचानक ही मुझे अपने पिता की बात याद आ गई थी—कि फ़रवरी की उस रात काली मारिया वैन में उनके साथ एक अनजान लड़की भी थी। मुझे लगा कि वह डोरा ब्रूडर भी हो सकती है। उसे भी फ़रवरी में ही गिरफ़्तार किया गया था और तोरेल के शिविर में भेजा जानेवाला था।

शायद मैं चाहता था कि वे दोनों मिले हों—मेरे पिता और डोरा ब्रूडर...1942 की उन सर्दियों में। दोनों एक-दूसरे से कितने अलग थे। लेकिन उन सर्दियों में दोनों ने अपने-आपको एक ही श्रेणी में पाया था—क़ानून तोड़नेवालों की श्रेणी में। मेरे पिता भी अक्टूबर 1940 की जनगणना से बच गए थे और डोरा ब्रूडर की तरह उनके पास भी कोई 'यहूदी डोज़ियर नम्बर' नहीं था। परिणामस्वरूप, उनका कोई क़ानूनी

* एक तरह की अस्थायी जेल

अस्तित्व नहीं था—एक ऐसी दुनिया में जहाँ रोज़गार, परिवार, राष्ट्रीयता, जन्म-प्रमाणपत्र और पते के बिना आप कुछ भी नहीं थे। वे बिलकुल उसी तरह अधर में थे जैसा डोरा ब्रूडर ने कॉन्वेंट से भागने के बाद अपने-आपको पाया होगा।

लेकिन अगर देखा जाए तो दोनों की नियति एक-दूसरे से बिलकुल अलग थी। पेरिस की उन सर्दियों में एक सोलह वर्ष की अकेली लड़की के सामने बहुत कम विकल्प मौजूद थे। कॉन्वेंट से भागने के बाद वह पुलिस और प्रशासन की नज़र में 'दोहरी अपराधी' बन गई थी—एक तो वह यहूदी थी, दूसरे बोर्डिंग स्कूल से भागी हुई अवयस्क लड़की।

मेरे पिता तब उम्र में डोरा ब्रूडर से चौदह वर्ष बड़े थे। उनका भविष्य या आगे का रास्ता लगभग तय हो चुका था, क्योंकि उन लोगों ने उन्हें अपराधी घोषित कर दिया था। उनके पास इसी रास्ते पर आगे बढ़ने के अलावा और कोई चारा नहीं था—अपनी तिकड़मों के भरोसे पेरिस में ज़िन्दा रहने और ब्लैक मार्केट के समन्दर में ग़ायब हो जाने का रास्ता।

*

बहुत समय नहीं हुआ, मुझे पता चला है कि ब्लैक मारिया वैन में मौजूद लड़की डोरा ब्रूडर नहीं हो सकती। मैं उन स्त्रियों की सूची में उसका नाम ढूँढ़ रहा था जिन्हें तोरेल के शिविर में रखा गया था। इनमें दो पोलिश यहूदी युवतियाँ भी थीं, जिनकी उम्र बीस और इक्कीस वर्ष थी और जिन्हें 18 और 19 फ़रवरी 1942 को इस शिविर में भेजा गया था। उनके नाम

साइमा बर्जर और फ्रेदेल त्रेस्तर थे। तारीख़ें बिलकुल फिट बैठती थीं, लेकिन क्या इन दोनों में से कोई डोरा ब्रूडर हो सकती थी?

'डिपो' में कुछ समय गुज़ारने के बाद पुरुषों को ड्रेंसी के शिविर में और स्त्रियों को तोरेल के शिविर में भेज दिया जाता था। मेरे पिता के साथ काली मारिया में बैठी उस गुमनाम लड़की का क्या हुआ था? क्या वह भी मेरे पिता की तरह वहाँ से भागने में सफल रही थी? मेरा विश्वास है कि वह हमेशा गुमनाम ही बनी रहेगी, उस रात गिरफ़्तार किए गए उन कई अन्य लोगों की तरह। जर्मनी की हार के बाद यहूदी मामलों की पुलिस ने अपनी सारी फ़ाइलें नष्ट कर दी थीं। इसलिए इन छापों में गिरफ़्तार किए गए या उन लोगों का कोई रिकार्ड मौजूद नहीं है जिन्हें सड़कों-गलियों से पकड़ा गया था। अगर मेरे पास यह जानकारी न होती तो इस बात का कोई रिकॉर्ड मौजूद न होता कि फ़रवरी 1942 की उस रात एक गुमनाम लड़की और मेरे पिता चैम्पस ऐलिसी में एक काली मारिया वैन में मौजूद थे। इस तरह के सभी लोग—ज़िन्दा या मुर्दा—सरकारी दृष्टि से सिर्फ़ 'अज्ञात व्यक्ति' ही बने रहते।

*

बीस वर्ष बाद मेरी माँ थिएटर मिशेल में एक नाटक में अभिनय कर रही थीं। मैं एक कैफ़े में उनका इन्तज़ार किया करता था। यह कैफे र्‍यू देस मदुरिन और र्‍यू ग्रेफुल्हे के कोने पर था। मुझे नहीं पता था कि इसके आसपास ही कभी मेरे पिता ने जान का ख़तरा उठाया था, या यह इलाक़ा कभी दहशत और ख़ौफ़ का गढ़ होता था—एक ब्लैक होल। हम लोग

र्‍यू ग्रेफुल्हे के एक रेस्तराँ में भोजन करते थे—शायद ठीक उसी जगह पी.क्यू.जे. की वह बिल्डिंग हुआ करती थी, जिसकी तहखानेनुमा निचली मंज़िल से सीढ़ियाँ चढ़ाकर मेरे पिता को सुपरिंटेंडेंट श्वेबलिन के दफ़्तर में ले जाया गया था।

जाक श्वेबलिन 1901 में मल्होस में पैदा हुआ था। यहूदियों के जत्थों को ऑशवित्ज़ के लिए रवाना किए जाने से पहले उसी के आदमियों ने ड्रेंसी और प्रिथीवियर के शिविरों के बन्दियों की तलाशी लेने का काम किया था।

यह तलाशी किस तरह की जाती थी?

> "पी.क्यू.जे. का प्रमुख एम. श्वेबलिन अपने तीन-चार सहायकों के साथ कैम्प में जाता था, जिन्हें वह 'अपने आदमी' कहता था। साधारण पोशाकों में आनेवाले ये तीनों-चारों पुलिस वाले एक यूनीफॉर्म बेल्ट पहने होते थे, जिसके एक तरफ़ एक पिस्तौल और दूसरी तरफ़ एक डंडा लटक रहा होता था।
>
> अपने आदमियों को काम पर लगा देने के बाद एम. श्वेबलिन कैम्प से चला जाता था और शाम को लौटता था—उनकी तलाशी से इकट्ठे हुए सामान को अपने क़ब्ज़े में लेने के लिए। हर सहायक एक झोंपड़ी में मेज़-कुर्सी लगाकर बैठ जाता था। पास ही दो टोकरे रखे रहते थे—एक नकदी के लिए और दूसरा गहनों के लिए। बन्दी एक-एक करके उसके पास झोंपड़े में आते थे, जहाँ बड़ी बारीकी से और अपमानजनक तरीक़े से उनकी तलाशी ली जाती थी। अकसर उन्हें लात-घूँसों का भी

सामना करना पड़ता था या अपनी पतलून नीचे खिसकाकर जूते की ठोकर खानी पड़ती थी। साथ ही यह व्यंग्य-भरा जुमला भी सुनने को मिलता था—'क्यों बे, आया मजा? या एक पुलसिया बूट और रसीद करूँ?' कई बार तलाशी की प्रक्रिया को तेज़ करने के लिए जेबों को खींचकर फाड़ ही दिया जाता था। मैं स्त्रियों की तलाशी के दौरान उनके कपड़ों या अंगों के साथ किए जानेवाले व्यवहार का ज़िक्र नहीं करूँगा।

तलाशी पूरी होने के बाद नकदी और गहनों को बक्सों में भरकर सीलबन्द कर दिया जाता था और एम. श्वेबलिन की कार में लाद दिया जाता था।

यह सीलबन्दी सिर्फ़ दिखावा-भर थी, क्योंकि इन बक्सों में मौजूद नकदी या जेवरों पर आसानी से हाथ साफ़ किया जा सकता था। उल्टे ये पुलिसवाले खुलेआम अपनी जेब से कोई क़ीमती अँगूठी निकालकर कहते थे, 'इसके बारे में क्या ख़याल है?' इसी तरह अपनी जेबों में ठूँसे नोटों का भेद खोलने में भी उन्हें कोई डर नहीं लगता था, और 500 या 1000 फ्रांक के नोट लहराते हुए वे एक-दूसरे से मुस्कराते हुए कहते थे, 'अरे, ये तो मेरी जेब में ही रह गए।'

बन्दियों के झोंपड़ों के बिस्तरों की भी बारीकी से तलाशी ली जाती थी और उनके तकियों और गद्दों को उधेड़-उधेड़कर देखा जाता था।

लेकिन यहूदी मामलों की पुलिस द्वारा ली गई इन तलाशियों का कोई भी रिकॉर्ड मौजूद नहीं है।"*

*

तलाशी दल में हमेशा वही लोग रहते थे। इसमें सात पुरुष और एक महिला शामिल थे। किसी को नहीं पता कि उनके नाम क्या थे। उस समय वे सब जवान थे, इसलिए उनमें से कुछ आज भी ज़िन्दा होंगे। लेकिन उनके चेहरे बहुत ज़्यादा बदल चुके होंगे।

श्वेबलिन 1943 में ग़ायब हो गया था। जर्मनों ने ख़ुद ही उसकी छुट्टी कर दी थी। लेकिन जब मेरे पिता ने अपनी गिरफ़्तारी और इस आदमी के कार्यालय में ले जाए जाने के बारे में बताया था तो उन्होंने यह भी कहा था कि उन्होंने युद्ध के बाद एक रविवार को उसे पोर्ते मेलॉत में देखा था।

---

* प्रिथिवियर्स टैक्स ऑफ़िस के एक मैनेजर द्वारा नवम्बर 1943 में लिखी गई एक आधिकारिक रिपोर्ट के अंश।

काली मारिया वैन 1960 के दशक में भी प्रचलित थी। मैं इसमें सिर्फ़ एक बार बैठा था, अपने पिता के साथ। मैं इसका ज़िक्र ही न करता अगर इस घटना का मेरे लिए प्रतीकात्मक महत्त्व न होता।

परिस्थितियाँ बहुत ज़्यादा शर्मनाक थीं। मैं अठारह वर्ष का था और अभी अवयस्क था। मेरे माता-पिता एक-दूसरे से अलग हो जाने के बाद भी एक ही ब्लॉक में रहते थे। मेरे पिता एक बहुत ज़्यादा तीखे स्वभाव वाली स्त्री के साथ रह रहे थे, जिसके बाल मिलेनी दिमोंजियो की तरह भूसे के रंग के थे। मैं अपनी माँ के साथ रहता था। सीन के हाईकोर्ट में अपील, फर्स्ट ऑक्सीलरी चैम्बर में लम्बी मुकदमेबाजी के फलस्वरूप मेरे पिता को मेरे पालन-पोषण के लिए कुछ खर्चा देना पड़ता था, जो बड़ी मामूली रकम थी। एक दिन इसी रकम को लेकर उनके बीच झगड़ा हो गया। मेरी माँ ने मुझे ये पैसे लाने के लिए मेरे पिता के घर भेजा था, क्योंकि हमारे पास गुजर-बसर का कोई और साधन नहीं था। मैंने अपने पिता के घर की घंटी बजाई तो मैं यह सोच रहा था कि मैं उनसे

बड़ी इज़्ज़त से बात करूँगा और उन्हें परेशान करने के लिए माफ़ी भी माँगूँगा। लेकिन उन्होंने ग़ुस्से से दरवाज़ा मेरे मुँह पर दे मारा। मैंने उस नकली मिलेनी दिमोंजियो को पुलिस को फ़ोन करते और चिल्लाकर यह कहते हुए सुना, "एक बदमाश लड़का हुड़दंग मचा रहा है।"

दस मिनट में ही पुलिस मेरी माँ के घर आ धमकी और में अपने पिता के साथ पुलिस की काली मारिया वैन में बैठ गया। हम एक-दूसरे के सामने लकड़ी की बेंचों पर बैठे थे और हमारे दोनों तरफ़ एक-एक पुलिसवाला बैठा था। मैं सोच रहा था कि मैं ज़िन्दगी में पहली बार पुलिस की गाड़ी में बैठा हूँ, लेकिन मेरे पिता पहले भी इस अनुभव से गुज़र चुके हैं—बीस वर्ष पहले जब उन्हें फ़रवरी 1942 की उस रात यहूदी मामलों की पुलिस की बिलकुल ऐसी ही गाड़ी में बिठाया गया था। क्या वे भी इस समय यही सोच रहे थे? लेकिन वे मुझसे नज़रें बचाते हुए मुझे अनदेखा करते रहे।

मुझे उस सफ़र का एक-एक पल याद है। हम सीन नदी के पास से इसके तटों को छूते हुए गुज़रे थे। र्‌यू देस सेंट-पियरे। बूलेवा सेंट-जर्मेन। कैफे देस डॉक्स मॉगोट के सामने ट्रैफिक सिग्नल पर वैन का रुकना। मैं खिड़की की सलाखों के उस पार धूप में रेस्तराँ की छत पर बीयर का मजा ले रहे लोगों को ईर्ष्या से देख रहा था। सौभाग्यवश, मुझे ज़्यादा चिन्ता करने की ज़रूरत नहीं थी। हम इतिहास के उस सुरक्षित और सुहाने दौर में थे, जिसे बाद में 'थर्टी ग्लोरियस ईयर्स'* के के रूप में जाना गया।

---

* विश्वयुद्ध के बाद फ्रांस में ख़ुशहाली के समय के लिए प्रयुक्त।

फिर भी, मुझे यह सोचकर हैरानी हो रही थी कि क़ब्ज़े के दिनों में इतनी मुसीबतें झेलने के बाद भी मेरे पिता को मुझे एक काली मारिया वैन में बिठाए जाने पर ज़रा भी एतराज नहीं हुआ था। वे मेरे सामने एक निर्लिप्त चुप्पी ओढ़े बैठे थे, जिसमें कुछ-कुछ खीज का भाव भी था और मुझे इस तरह नज़रअन्दाज़ कर रहे थे मानो मुझे प्लेग हुआ हो। मैं यह सोचकर घबरा रहा था कि पुलिस स्टेशन जाने पर क्या होगा। उनसे तो किसी हमदर्दी की उम्मीद नहीं की जा सकती थी। मुझे यह सब इसलिए भी अन्यायपूर्ण लग रहा था क्योंकि मैंने अभी-अभी एक किताब लिखनी शुरू की थी—अपनी पहली किताब—जिसमें मैंने अपने-आपको उनकी जगह पर रखकर क़ब्ज़े के दिनों की उनकी मनस्थिति को दुबारा जीने की कोशिश की थी।

कुछ वर्ष पहले मुझे उनकी किताबों में कुछ ख़ास सामी-विरोधी किताबें दिखाई दी थीं, जो 1940 के दशक के उन काले वर्षों में धड़ल्ले से छपती रही थीं। उन्होंने ये किताबें यह जानने के लिए ख़रीदी होंगी कि आख़िर इनके लेखकों को यहूदियों से क्या शिकायत थी। मेरी तरह उन्हें भी यह देखकर हैरानी हुई होगी कि इन किताबों में एक ऐसे काल्पनिक और मायावी राक्षस का चित्रण किया गया था जिसके हाथ नुकीले पंजों जैसे और नाक मुड़ी हुई थी और जिसकी छाया दीवारों को पार करके हर तरफ़ मँडराती रहती थी। यह राक्षस दुनिया की हर बुराई से ग्रस्त था। हर बीमारी के लिए ज़िम्मेदार, हर अपराध का प्रतीक।

जहाँ तक मेरा सम्बन्ध था, मेरी पहली किताब उन सब लोगों को एक जवाब था जिन्होंने मेरे पिता को अपमानित करके मुझे आहत

किया था। मैं फ्रेंच साहित्य के मंच से उनका मुँह हमेशा के लिए बन्द कर देना चाहता था। आज मुझे लगता है कि यह कितनी बचकानी और नादानी-भरी योजना थी। इनमें से ज़्यादातर लेखक अब नहीं थे। उन्हें या तो फ़ायरिंग स्क्वैड ने गोलियों से भून दिया था, या निष्कासित कर दिया गया था। कुछ बीमारियों या बुढ़ापे से मर-खप गए थे। हाँ, मुझे सचमुच बहुत देर हो चुकी थी।

ब्लैक मारिया सेंट-जर्मन-देस-प्रेज़ पुलिस स्टेशन के बाहर र्यू डेल अब्बेये पर रुकी। पुलिसकर्मी हमें सुपरिंटेंडेंट के कमरे में ले गए। मेरे पिता ने उन्हें बताया कि मैं एक 'बदमाश लड़का' हूँ और सोलह वर्ष की उम्र से ही उनके घर जाकर हुड़दंग मचाता रहा हूँ। सुपरिंटेंडेंट ने मुझे नसीहत देते हुए कहा कि अगर अगली बार ऐसा हुआ तो मुझे अन्दर कर दिया जाएगा। मेरा ख़याल है अगर सुपरिंटेंडेंट ने सचमुच ही मुझे हवालात में बन्द कर दिया होता तो मेरे पिता उफ् तक न करते।

मैं और मेरे पिता पुलिस स्टेशन से इकट्ठे निकले। मैंने उनसे कहा कि क्या पुलिस को बुलाना और मुझे सबके सामने गिरफ़्तार करवाना ज़रूरी था। उन्होंने कोई जवाब नहीं दिया। मेरे मन में उनके लिए कोई बुरी भावना नहीं थी। हम दोनों एक ही ब्लॉक में रहते थे, इसलिए हम चुपचाप साथ-साथ चलते रहे। मेरे मन में आया कि उन्हें फ़रवरी, 1942 की उस घटना की याद दिलाऊँ जब उन्हें गिरफ़्तार करके इसी तरह की काली मारिया में ले जाया गया था। मैं उनसे पूछना चाहता था कि क्या उन्हें भी वह दिन याद आ रहा है। लेकिन शायद यह सब उनके लिए इतना महत्त्वपूर्ण नहीं था जितना मेरे लिए।

घर पहुँचने तक हमारे बीच कोई बात नहीं हुई। सीढ़ियों पर एक-दूसरे से अलग होते समय भी नहीं। इसके बाद अगले वर्ष अगस्त में मुझे उनसे एक-दो बार मिलने का अवसर मिला। उन्होंने फ़ौज से मेरे बुलावे के काग़ज़ छिपा दिए थे, परिणामस्वरूप मुझे घर से पकड़वाकर ज़बर्दस्ती रुइली की फ़ौजी बैरकों में ले जाया गया। इसके बाद मैं उनसे कभी नहीं मिला।

14 दिसम्बर, 1941 को कॉन्वेंट से भागने के बाद डोरा ब्रूडर ने सबसे पहला काम क्या किया होगा? शायद कॉन्वेंट के फाटक के पास पहुँचते ही उसके मन में अन्दर न जाने का ख़याल आया होगा और वह कर्फ़्यू शुरू होने तक सड़कों पर भटकती रही होगी।

ये सड़कें तब भी अपने पुराने देसी नामों से जानी जाती थीं—लेस म्यूनियर, ला ब्रश-ऑक्स-लोप, ली सेंटियर देस मेरिसियर। लेकिन कॉन्वेंट की दीवार के साथ-साथ चलनेवाली और छायादार पेड़ों से घिरी सड़क के कोने पर एक माल गोदाम था, और इससे आगे अगर आप एवेन्यू डोम्सनिल की तरफ़ मुड़ जाएँ तो गेरे दि ल्यों रेलवे स्टेशन आ जाता था। इस रेल पटरी का कुछ हिस्सा कॉन्वेंट के पास से गुज़रता था। यह शान्त और सुनसान इलाक़ा पेरिस से बिलकुल कटा हुआ और अलग-थलग जान पड़ता है। यहाँ के कॉन्वेंट, लुके-छिपे क़ब्रिस्तान और सन्नाटे में डूबे रास्ते किसी के भी मन में यहाँ से भाग जाने की भावना पैदा कर सकते हैं।

मुझे नहीं मालूम कि क्या गेरे दि ल्यों रेलवे स्टेशन से इस नज़दीकी ने ही डोरा की भागने की इच्छा को हवा दी होगी। क्या अपनी डोरमिट्री के अँधेरे में डूबे सन्नाटे में वह मालगाड़ियों के इंजन की आवाज़ सुनती रही थी? ये मालगाड़ियाँ गेरे दि ल्यों से 'फ्री जोन' की तरफ़ जाती थीं... और इसमें कोई शक नहीं कि वह इन दो शब्दों के जादुई प्रभाव से बख़ूबी परिचित रही होगी—फ्री जोन...स्वतंत्र क्षेत्र।

मैंने जो उपन्यास उस समय लिखा था जब मैं डोरा ब्रूडर के बारे में ज़्यादा कुछ नहीं जानता था—लेकिन उपन्यास लिखते समय मैं उसी को अपने ख़यालों में रखना चाहता था—वह उसी की उम्र की एक काल्पनिक पात्रा इन्ग्रिड पर आधारित है। वह अपने प्रेमी के साथ फ्री जोन में जा छिपती है। यह लिखते समय मेरे ख़यालों में बेला डी. नामक महिला की आपबीती थी, जो पन्द्रह वर्ष की उम्र में सचमुच ही सीमा-रेखा को पार करके फ्री जोन में पहुँचने में सफल रही थी। यह अलग बात है कि वह पकड़ी गई और उसे तोलोउसे की जेल में जाना पड़ा। इसी तरह, डोरा ब्रूडर की हमउम्र एक दूसरी महिला एने बी. भी श्लोन-सु-साओन स्टेशन पर बिना यात्रा परमिट के पकड़ी गई थी और उसे बारह हफ़्ते की क़ैद की सज़ा भुगतनी पड़ी थी। ये सभी बातें मुझे 1980 के दशक में इन दोनों के साथ हुई मुलाक़ात के दौरान पता चली थीं।

क्या डोरा ब्रूडर ने अपनी किसी सहेली या प्रेमी के साथ मिलकर पहले से ही भागने की योजना बना ली थी? क्या वह पेरिस में ही रही या उसने भी किसी तरह फ्री जोन में पहुँचने की कोशिश की थी?

क्लिन्याकूर्र पुलिस स्टेशन की लॉगबुक में 27 दिसम्बर, 1941 की एक प्रविष्टि है। *तारीख़, विषय, वैवाहिक दर्जा* और *सारांश* शीर्षक के अन्तर्गत अलग-अलग खानों में दर्ज जानकारी वाले इस रजिस्टर के अनुसार—

> 27 दिसम्बर 1941—ब्रूडर, डोरा—जन्म पेरिस 12—25/2/26 —निवास 41 बूलेवा ऑर्नानो/ब्रूडर, अर्नेस्ट, उम्र 42, पिता के साथ बातचीत।

इस प्रविष्टि के सामने हाशिए में यह संख्या भी दर्ज है—7029 21/12—जिसका मैं कोई मतलब नहीं निकाल पा रहा हूँ।

बुटे मौंमार्त्र के पीछे 12 र्‌यू लम्बेर वाले इस पुलिस स्टेशन के सुपरिंटेंडेंट का नाम सिरी था। लेकिन अर्नेस्ट ब्रूडर शायद डिविज़नल स्टेशन में गया होगा, जो टाउन हॉल की बगल में 74 र्‌यू दु मों-सेनिस पर स्थित है। यह पुलिस स्टेशन भी क्लिन्याकूर्र जिले में पड़ता था और उसके घर के नज़दीक था। वहाँ के सुपरिंटेंडेंट का नाम कॉर्नेक था।

डोरा तेरह दिन पहले भागी थी, लेकिन अर्नेस्ट ब्रूडर ने अपनी बेटी के लापता होने की सूचना दर्ज करवाने से पहले कुछ दिन इन्तज़ार किया था। इन तेरह लम्बे दिनों की उसकी व्यग्रता और उधेड़बुन की सहज ही कल्पना की जा सकती है। अक्टूबर 1940 की जनगणना के दौरान उसे इसी पुलिस स्टेशन में डोरा का नाम दर्ज करवाना था। इस चूक का अब पता चल सकता था। अपनी बेटी को तलाश करने के लिए उसे पुलिस का ध्यान उसकी तरफ़ खींचना पड़ रहा था।

पुलिस की पुरानी फ़ाइलों में अर्नेस्ट ब्रूडर के साथ पुलिस की बातचीत का कोई विवरण उपलब्ध नहीं है। ज़ाहिर है कि स्थानीय पुलिस स्टेशनों ने इस तरह की सारी बेकार सूचनाएँ नष्ट कर दी होंगी। युद्ध के कुछ वर्ष बाद बहुत-से दूसरे पुलिस रिकॉर्ड भी नष्ट कर दिए गए थे। इनमें जून 1942 में शुरू किए गए वे विशेष रजिस्टर भी शामिल थे जिनमें छह वर्ष से बड़ी उम्र के हर यहूदी को पीले रंग के थ्री-स्टार जारी किए जाते थे। इन रजिस्टरों में उनके नागरिक दर्जे, पहचान पत्र संख्या और निवास स्थान का विवरण रहता था। थ्री-स्टार मिलने के बाद रजिस्टर के हाशिए में बने एक ख़ाने में अपने हस्ताक्षर करने पड़ते थे। पेरिस और आसपास के उपनगरों के पुलिस स्टेशनों में इस तरह के पचास से भी अधिक रजिस्टर शुरू किए गए थे।

हमें कभी पता नहीं चल पाएगा कि अर्नेस्ट ब्रूडर ने अपने और अपनी बेटी के बारे में पूछे गए सवालों के क्या जवाब दिए होंगे। शायद उसे कोई डेस्क क्लर्क टकरा गया हो जिसके लिए यह काम रोज़ाना की खानापूर्ति मात्र थी। जैसाकि युद्ध से पहले तक था, शायद वह अर्नेस्ट ब्रूडर और उसकी बेटी और आम फ्रेंच नागरिकों में कोई ख़ास फ़र्क़ न

देख पाया हो। यह तो निश्चित है कि अर्नेस्ट ब्रूडर 'भूतपूर्व ऑस्ट्रियाई' था और एक होटल में रहनेवाला 'अप्रशिक्षित श्रमिक' था। लेकिन उसकी बेटी पेरिस में पैदा हुई थी और उसकी राष्ट्रीयता फ्रेंच थी। एक भागी हुई नाबालिग बच्ची। इस संकट-भरे दौर में इस तरह की घटनाएँ ख़ूब हो रही थीं। क्या इसी पुलिसवाले ने अर्नेस्ट ब्रूडर को 'पेरिस स्वार' में लापता की सूचना जारी करने की सलाह दी थी, क्योंकि डोरा को ग़ायब हुए लगभग दो हफ़्ते हो चुके थे? या क्या 'पेरिस स्वार' का ही कोई रिपोर्टर किसी ख़बर की तलाश में वहाँ आ पहुँचा था और उसे यह ख़बर अख़बार के 'दिन-प्रतिदिन' कॉलम के लिए उपयुक्त मालूम हुई थी?

*

मुझे अपनी उन तूफ़ानी भावनाओं की अब भी याद है जब जनवरी 1960 में मैं ख़ुद भागा था। भावनाओं का इस तरह का गुबार मैंने बहुत कम महसूस किया है। यह एक झटके में सभी बन्धन तोड़ देने के गहरे नशे का ख़ुमार था—सभी क़ायदे-क़ानूनों, बोर्डिंग स्कूल, अध्यापकों और सहपाठियों से एक सायास और सम्पूर्ण मुक्ति का नशा। अब आपको उनसे कुछ लेना-देना नहीं है। अपने माता-पिता से मुक्ति—जिन्होंने कभी भी आपको समझा ही नहीं और जिनसे किसी मदद की उम्मीद करना बिलकुल फ़िज़ूल है। बग़ावत और तन्हाई की भावनाएँ...एक नए उजाले, एक नए प्रकाश का बोध करवाती हुईं...साँसों में एक हल्केपन और एक तरह की भारहीनता का अहसास जगाती हुईं। ज़िन्दगी में बहुत कम अवसरों

पर मैंने अपने-आपको इतना सहज महसूस किया है—अपने असली 'मैं' का अहसास करते हुए और अपने हिसाब से जीते हुए।

इस तरह के उल्लास की भावनाएँ ज़्यादा देर नहीं टिक पातीं। इनका कोई भविष्य नहीं होता। आपकी ऊँची उमंगें जल्दी ही ज़मीन में आ धँसती हैं...हमेशा के लिए।

ऐसा लगता है कि भागना एक तरह से मदद की पुकार और कभी-कभी ख़ुदकशी का ही एक रूप होता है। कम-से-कम आपको शाश्वतता के क्षणों का अहसास ज़रूर हो जाता है। आप न सिर्फ़ दुनिया से बल्कि समय से भी अपने सभी बन्धन तोड़ देते हैं। एक ख़ुशनुमा सुबह आप अचानक ही महसूस करते हैं कि आसमान कितना नीला और खुला-खुला है और आप के ऊपर किसी तरह का कोई बोझ नहीं है। ट्यूइलिरीज़ गार्डन की घड़ी जैसे हमेशा के लिए रुक गई हो। धूप के एक टुकड़े में चलती चींटी जैसे निश्चल हो गई हो।

*

मैं डोरा ब्रूडर के बारे में सोचता हूँ। मैंने अपने आप को याद दिलाया कि उसके लिए भागना इतना आसान नहीं रहा होगा, जैसे मेरे लिए। बीस वर्ष बाद जब मैं भागा था तो दुनिया बहुत सुरक्षित हो चुकी थी। दिसम्बर 1941 के पेरिस में उसके लिए शहर का चप्पा-चप्पा ख़तरों से घिरा रहा होगा—कर्फ़्यू, फ़ौज, पुलिस—सब कुछ उसे दबोचने और कुचलने को तैयार। सिर्फ़ सोलह वर्ष की उम्र में पूरी दुनिया जैसे उसकी दुश्मन हो गई थी, और उसे यह भी पता नहीं था कि क्यों।

उन दिनों पेरिस के कई दूसरे विद्रोही—जो उसी की तरह अकेले थे—जर्मनों पर, उनके काफ़िलों और सभाओं पर हैंड ग्रेनेड फेंक रहे थे। वे सब उसी की उम्र के थे। उनमें से कुछ के चेहरे पुलिस द्वारा चिपकाए गए 'एफीशे रॉग'* पोस्टरों पर भी छपे थे। इनमें मृत्युदंड की घोषणा भी रहती थी। मैं चाहकर भी डोरा को इनसे अलग करके नहीं देख पा रहा था।

1941 की गर्मियों में शहर के सिनेमाघरों में एक फिल्म आई थी। क़ब्ज़े के दौरान निर्मित यह फिल्म शुरू में नॉर्मंडी में रिलीज हुई थी और एक मासूम-सी कॉमेडी थी—'प्रीमियर रेन्देवू'। पिछली बार मैंने यह फ़िल्म देखी तो मुझे अचानक ही ख़याल आया कि हल्के-फुल्के प्लॉट और ख़ुशनुमा अभिनेताओं वाली यह फ़िल्म शायद किसी रविवार डोरा ब्रूडर ने भी देखी हो। इसकी कहानी डोरा की उम्र की ही एक भागी हुई लड़की के बारे में थी। वह भी हॉली हार्ट ऑफ़ मैरी की तरह एक बोर्डिंग स्कूल से भाग जाती है। जैसाकि परीकथाओं में होता है, भागने के दौरान वह एक 'प्रिंस चार्मिंग' से टकरा जाती है और रोमांस शुरू हो जाता है।

यह फ़िल्म भागने के अनुभव की बड़ी मीठी-मीठी-सी और रंगीन तसवीर पेश करती है—जो कुछ डोरा की असली ज़िन्दगी में हुआ उससे ठीक उलट। क्या इसी से उसके मन में भागने का विचार आया होगा? मैंने फ़िल्म के दृश्यों के बारे में बारीकी से सोचा। डोरमिट्री, स्कूल के कॉरीडोर, छात्राओं की यूनीफॉर्म, वह कैफ़े जहाँ नायिका शाम ढलने के बाद इन्तज़ार करती है। मैं किसी भी चीज़ का यथार्थ के साथ मेल नहीं बिठा पाया। वैसे भी फिल्म के ज़्यादातर दृश्य स्टूडियो में शूट किए गए

* 'wated' पोस्टर। लाल रंग में छपे हुए ये पोस्टर जर्मनों द्वारा चिपकाए जाते थे। ये 'डेथ नोटिस' का काम करते थे। देखें : प्रायस-जोंस, पूर्वोद्धृत।

थे। लेकिन मैं एक बेचैनी-सी महसूस कर रहा था। यह बेचैनी फ़िल्म की एक ख़ास तरह की चमक से, फ़िल्म की सचमुच की रीलों की चमक से जुड़ी हुई थी। सब कुछ एक सफ़ेद पर्दे में लिपटा प्रतीत हो रहा था—एक विरोधाभास प्रकट करता हुआ और कभी-कभी उसे ढँकता हुआ भी। फ़िल्म की लाइटिंग कभी बहुत तेज़ हो जाती थी और कभी बिलकुल धुँधली। आवाज़ें या तो दबी-दबी थीं या एक बेचैनी भरे शोर की तरह ऊँची उठती हुईं।

अचानक ही मुझे अहसास हुआ कि इस फ़िल्म पर क़ब्ज़े के दिनों के सिने-दर्शकों की निगाहों की छाप थी। उनमें सभी तरह के लोग रहे होंगे, जिनमें से ज़्यादातर युद्ध के बाद शायद ही बचे हों। किसी शनिवार की रात को यह फ़िल्म देखने के बाद वे गुमसुम-से महसूस करते रहे होंगे। जब तक यह फ़िल्म चलती रहती है आप एक दूसरी दुनिया में खोए रहते हैं—युद्ध और क़ब्ज़े वाली बाहर की भयानक दुनिया से बेख़बर सिनेमाघर के अँधेरे में इकट्ठे बैठे आप पर्दे पर चलती छवियों में डूब जाते हैं—मानो अब आपको कोई ख़तरा न हो। ऐसा लगता है कि किसी रासायनिक प्रक्रिया से उन तमाम लोगों की निगाहें इस फ़िल्म की रीलों से चिपक गई हैं और फ़िल्म की लाइटिंग, अभिनेताओं की आवाज़ और हर चीज़ का अर्थ बदल गया है। डोरा ब्रूडर के बारे में सोचते हुए और 'प्रीमियर रेन्देवू' नामक यह मामूली-सी फ़िल्म देखते हुए मैं ऐसा ही महसूस करता रहा।

अर्नेस्ट ब्रूडर को 19 मार्च, 1941 को गिरफ़्तार किया गया था। बल्कि यूँ कहना चाहिए कि उस दिन उसे ड्रेंसी के शिविर में नज़रबन्द किया गया था। मैं उसकी गिरफ़्तारी की परिस्थितियों या इसके कारणों का कुछ भी पता नहीं लगा पाता हूँ। उन तथाकथित 'पारिवारिक फ़ाइलों' में जिनमें हर यहूदी के बारे में कुछ मूलभूत जानकारी रहती थी और जो पुलिस के एक ख़ास विभाग में रखे रहते थे—अर्नेस्ट ब्रूडर के बारे में यह जानकारी मिलती है—

> ब्रूडर, अर्नेस्ट
> 21.5.99—विएना
> यहूदी डोज़ियर संख्या : 49091
> कारोबार या पेशा : कुछ नहीं
> फ्रेंच लिज़ेन सैनिक, दूसरी श्रेणी, 100%
> विकलांग

टीबी की बीमारी

केन्द्रीय पुलिस रजिस्टर : ई 56404

इस पृष्ठ के नीचे 'वांटेड' की मोहर लगी हुई है, जिसके आगे किसी ने पेंसिल से लिखा हुआ है—"ड्रेंसी शिविर में पाया गया।"

एक यहूदी और भूतपूर्व ऑस्ट्रियाई होने के कारण अर्नेस्ट ब्रूडर को अगस्त 1941 के छापे में पकड़ा गया होगा। फ्रेंच पुलिस ने जर्मन फ़ौज के साथ मिलकर 20 अगस्त 1941 को ग्यारहवें प्रान्त की घेराबन्दी कर दी थी। इसके बाद अगले कई दिनों तक दूसरे प्रान्तों में भी तलाशी चलती रही थी, जिनमें अठारहवाँ प्रान्त भी शामिल था। पुलिस सड़कों पर आते-जाते हर विदेशी यहूदी को रोककर पूछताछ कर रही थी। अर्नेस्ट ब्रूडर इस धर-पकड़ से कैसे बचा रहा था? क्या भूतपूर्व सैनिक होने और अपनी द्वितीय श्रेणी के कारण? मुझे इसमें सन्देह है।

'फैमिली फ़ाइल' के अनुसार पुलिस को उसकी तलाश थी। लेकिन कब से? और क्यों? अगर वह 27 दिसम्बर 1941 को भी 'वांटेड' होता—जिस दिन उसने क्लिन्याकूर्र पुलिस स्टेशन में डोरा के लापता होने की सूचना दी थी—तो पुलिस उसे थाने से जाने ही न देती। क्या उसी दिन के बाद वह पुलिस की नज़रों में आ गया था?

एक पिता अपनी बेटी को तलाश करने की कोशिश करता है, पुलिस स्टेशन में उसके गुम होने की ख़बर देता है, और एक शाम के अख़बार में उसके लापता होने की सूचना छपती है। लेकिन पिता ख़ुद भी 'वांटेड' है। माता-पिता को अपनी बेटी का कुछ भी पता नहीं चलता, और फिर 19 मार्च को उनमें से भी एक अचानक ग़ायब हो जाता है। मानो उस वर्ष

की सर्दियाँ लोगों को एक-दूसरे से अलग करने पर तुली हुई थीं—उनका हर निशान इस तरह से मिटाती हुईं कि उनके अस्तित्व पर ही सन्देह होने लगे। और कहीं कोई सुनवाई होने की भी सम्भावना नहीं है। वही लोग जिनका काम खोए हुए लोगों को तलाश करना है डोज़ियर तैयार करने में जुटे हैं—और पूरी कोशिश कर रहे हैं कि अगर आप मिल भी जाएँ तो दोबारा लापता हो जाएँ—इस बार हमेशा के लिए।

मैं नहीं जानता कि डोरा ब्रूडर को अपने पिता की गिरफ़्तारी का फ़ौरन ही पता चला था या नहीं। मेरा ख़याल है शायद नहीं। मार्च के महीने तक भी वह 41 बूलेवा ऑर्नानो में नहीं लौटी थी, जबकि वह दिसम्बर में भागी थी। कम-से-कम पुलिस विभाग के अभिलेखागार में उपलब्ध थोड़ी-बहुत जानकारी से तो यही पता चलता है।

अब क्योंकि इन घटनाओं को साठ वर्ष बीत चुके हैं, ये अभिलेखागार धीरे-धीरे कुछ रहस्यों से पर्दा ज़रूर हटाएँगे। जर्मन क़ब्ज़े के दौरान जिस बिल्डिंग में पुलिस का यह विशिष्ट विभाग या सचिवालय मौजूद था—जिसे 'प्रिफेक्चर ऑफ़ पुलिस' कहा जाता था—उसके अब सिर्फ़ खँडहरनुमा बैरक बचे हैं। ये विशाल बैरक सीन नदी के किनारे पर स्थित हैं। जब भी हम पलटकर अतीत में झाँकते हैं तो ये खँडहर हमें इतिहास के एक भयानक दौर की याद दिलाते हैं। यह यक़ीन करना मुश्किल है कि जिस बिल्डिंग के पास से हम रोज़ाना गुज़रते हैं, वह 1940 के दिनों से इसी तरह खड़ी है। हम अपने दिल

को समझाने की कोशिश करते हैं कि ये वही पत्थर और वही गलियारे नहीं हो सकते।

पुलिस के वे सुपरिंटेंडेंट और इंस्पेक्टर जो यहूदियों के पीछे हाथ धोकर पड़े थे कब के मर-खप गए हैं। उनके नामों में मरघट-सी उदासी और सड़े-गले चमड़े और तम्बाकू की गंध का आभास होता है—परमिलॉक्स, फ्रांकोइस, श्वेबलिन, कोरपरिश, कोगेल...। इसी तरह स्ट्रीट पुलिस के वे सब लोग भी इतिहास में दफ़्न हो चुके हैं जिन्हें 'प्रेस गैंग' के नाम से जाना जाता था। धर-पकड़ के दौरान गिरफ़्तार किए गए हर व्यक्ति के साथ हुई पूछताछ के ब्यौरे पर उन्हीं के हस्ताक्षर रहते थे। इस तरह के दसियों हज़ार ब्यौरे कब के नष्ट किए जा चुके हैं और हमें कभी पता नहीं चल पाएगा कि 'प्रेस गैंग' के ये सदस्य कौन थे। लेकिन पुलिस सचिवालय के अभिलेखागार में अब भी ऐसे सैकड़ों पत्र मौजूद हैं जो लोगों ने इस सचिवालय के नाम लिखे थे और जिनके कभी जवाब नहीं दिए गए। ये पत्र आधी सदी से भी ज़्यादा से वैसे ही पड़े हुए हैं, जैसे हवाई डाक का कोई बैग अनजाने में कहीं कोने में छूट गया हो। अब हम इन्हें पढ़ सकते हैं। जिन्हें ये लिखे गए थे उन्होंने तो इन पर ध्यान देने की ज़रूरत ही नहीं समझी थी। लेकिन हम—जो तब पैदा भी नहीं हुए थे—इन पत्रों के असली प्राप्तकर्ता हैं और इनके संरक्षक भी—

सेवा में,
प्रिफेक्ट ऑफ़ पुलिस

श्रीमान,

मैं बहुत विनम्रता के साथ अपने एक अनुरोध की तरफ़ आपका

ध्यान खींचना चाहता हूँ। यह मेरे भतीजे अल्बेर ग्रोदेन के बारे में है। वह एक फ्रेंच नागरिक है, उम्र सोलह वर्ष है, और उसे... के शिविर में रखा गया है...

•

सेवा में,
पुलिस निदेशक
यहूदी मामलों की पुलिस

श्रीमान,

मैं आपसे विनती करता हूँ कि अपनी रहमदिली दिखाते हुए मेरी बेटी को छोड़ दीजिए। नेली त्रॉतमाँ, ड्रेंसी शिविर...

•

सेवा में,
प्रिफेक्ट ऑफ़ पुलिस,

श्रीमान,

मैं अपने पति के बारे में आपसे एक अहसान करने की गुज़ारिश कर रही हूँ, ताकि मैं जान सकूँ कि मेरा पति—जेलिक प्रेगरिच—कैसा है। मुझ उसके बारे में थोड़ी-सी भी जानकारी मिल सके तो...

•

सेवा में,
प्रिफेक्ट ऑफ़ पुलिस,

श्रीमान,

मैं बड़ी विनम्रता से आपसे एक कृपा करने और दया दिखाने की विनती कर रहा हूँ, ताकि मुझे मेरी बेटी मादामज़ेल जाक लेवाई उर्फ वायोलेत जोएल की कुछ ख़बर मिल सके। उसे 10 सितम्बर के आसपास उस समय गिरफ़्तार किया गया था जब वह अपना 'रेग्युलेशन स्टार' पहने बिना सीमा-रेखा को पार करने की कोशिश कर रही थी। उसके साथ उसका साढ़े आठ वर्ष का बेटा ज्याँ लेवाई भी था...

•

सेवा में,
प्रिफेक्ट ऑफ़ पुलिस

मेहरबानी करके थोड़ी रहमदिली दिखाएँ और मेरे पोते मिशेल रॉबिन को छोड़ दें, जिसकी उम्र सिर्फ़ तीन वर्ष है। वह फ्रांस में जनमा है और उसकी माँ भी फ्रेंच है, जो उसके साथ ड्रेंसी के शिविर में बन्द है...

•

सेवा में,
प्रिफेक्ट ऑफ़ पुलिस

अगर आप निम्नलिखित मामलों पर थोड़ा ध्यान देने की कृपा करेंगे तो मैं हमेशा आपकी कृतज्ञ रहूँगी। मेरे माता-पिता, जो दोनों ही वृद्ध हैं और जिनकी सेहत भी ठीक नहीं है, यहूदी होने के नाते गिरफ़्तार कर लिए गए हैं। मेरी छोटी बहन मारी ग्रोसमां, उम्र बारह वर्ष, फ्रेंच यहूदी, फ्रेंच पहचान-पत्र संख्या 1594936, ग्रेड बी और मैं जीनेत ग्रोसमां, उम्र उन्नीस वर्ष, फ्रेंच यहूदी, फ्रेंच पहचान-पत्र संख्या 924247, ग्रेड बी अपने माता-पिता के बिना बड़ी मुसीबतों का सामना कर रहे हैं...

•

सेवा में,
निदेशक, यहूदी मामलों की पुलिस

श्रीमान,

कृपया मुझे यह सब लिखने के लिए क्षमा करें। मेरे पति को 16 जुलाई, 1942 को सुबह चार बजे पुलिस पकड़कर ले गई। मेरी छोटी बच्ची रोने लगी तो वे लोग उसे भी साथ ले गए।

उसका नाम जॉलिन गोथेल है और वह साढ़े चौदह वर्ष की है। उसका जन्म 19 नवम्बर, 1927 को पेरिस में बारहवें प्रान्त में हुआ है और वह फ्रेंच नागरिक है...

क्लिन्याकूर्र पुलिस स्टेशन की लॉगबुक में 17 अप्रैल, 1942 की यह प्रविष्टि मौजूद है—वही *तारीख़, विषय, वैवाहिक दर्जा* और *सारांश* के जाने-पहचाने ख़ानों में :

> 17 अप्रैल, 1942 ... 20998 ... 15/24 ... पी. माइनर्स ... ब्रूडर, डोरा का मामला, उम्र 16 ... इंटरव्यू 1917 के बाद से लापता...अपनी माँ के घर वापस आ चुकी है।

मुझे नहीं मालूम कि 20998 और 15/24 संख्याओं का क्या अर्थ है। 'पी. माइनर्स' का मतलब 'प्रोटेक्शन ऑफ़ माइनर्स' यानी 'अवयस्कों की सुरक्षा' होना चाहिए। 'इंटरव्यू 1917' का मतलब अर्नेस्ट ब्रूडर के साथ हुई पुलिस की बातचीत होना चाहिए—वे सब सवाल-जवाब जो 27 दिसम्बर 1941 को ख़ुद उसके और डोरा के बारे में उसके और पुलिस के बीच हुए होंगे। पुरानी फ़ाइलों में इस 'इंटरव्यू 1917' का सिर्फ़ यही एक सन्दर्भ उपलब्ध है।

डोरा ब्रूडर के मामले के बारे में बस सिर्फ़ यही तीन पंक्तियाँ हैं। इसके बाद उसी तारीख़ 17 अप्रैल की कुछ दूसरी प्रविष्टियाँ हैं जिनका सम्बन्ध अन्य लोगों से है—

> गॉल जॉर्जेत पॉलेत...जन्म 30.7.23, पेंटिन, सीन...माता-पिता जॉर्जैस और पेल्ज रोज़...अविवाहित...होटल 11 र्‌यू पिगॉल में निवास। वेश्यावृत्ति।
>
> जर्मेन मॉरियर...जन्म 9.10.21, एँत्रे-डॉक्स-ऑक्स (वॉस्गे)... होटल में निवास...दोपहर एक बजे रिपोर्ट।*
>
> जे.आर. क्रेत, नौवाँ प्रान्त...

इसी तरह की अन्य भर्तियाँ तारीख़ों के साथ जारी रहती हैं। जर्मन क़ब्ज़े के दौरान पुलिस के ये रजिस्टर इसी तरह भरते रहे—वेश्याओं, खोए हुए कुत्तों, छोड़े हुए बच्चों के विवरणों से। और डोरा की तरह भागे हुए लड़के-लड़कियों के विवरणों से भी—जिन पर आवारागर्दी का आरोप रहता था।

साफ़ है कि यहूदियों का इन पुलिस स्टेशनों से कम ही वास्ता पड़ता था। लेकिन डिपो में भेजे जाने और वहाँ से ड्रेंसी जैसे शिविरों में ले जाए जाने से पहले उन्हें इन्हीं पुलिस स्टेशनों का मुँह देखना पड़ता था। लॉगबुक में डोरा ब्रूडर के बारे में लिखा है—'अपनी माँ के घर वापस आ चुकी है'। इस पंक्ति से ऐसा लगता है कि क्लिन्याकूर्र पुलिस को पता था कि उसके पिता को एक महीने पहले गिरफ़्तार किया जा चुका है।

---

* मोरल पुलिस या वाइस स्क्वाड की रिपोर्ट का संकेत।

जहाँ तक डोरा का प्रश्न है, उसके भागने के दिन यानी 14 दिसम्बर, 1941 से लेकर 17 अप्रैल, 1942 तक—जब पुलिस की लॉगबुक के अनुसार वह अपनी माँ के घर यानी 41 बूलेवा ऑर्नानो में वापस लौट आई थी—उसकी ज़िन्दगी के बारे में कुछ पता नहीं चलता। हमें नहीं मालूम कि इन चार महीनों के दौरान वह कहाँ गई, उसने क्या किया और किसके साथ रही। हमें यह भी पता नहीं चलता कि वह किन परिस्थितियों में अपनी 'माँ के घर' लौटी थी। क्या वह अपने पिता की गिरफ़्तारी की ख़बर पाकर ख़ुद ही लौट आई थी? या उसे किसी गली-नुक्कड़ पर पकड़ लिया गया था, क्योंकि नाबालिगों की सुरक्षा से जुड़ी पुलिस ब्रिगेड उसकी गिरफ़्तारी का वारंट जारी कर चुकी थी। अब तक मुझे कोई भी ऐसा सुराग, कोई भी ऐसा उल्लेख नहीं मिला है जो चार महीनों की उसकी इस ज़िन्दगी पर कोई रोशनी डाल सके। उसकी ज़िन्दगी के ये चार महीने अँधेरे में छिपे हुए हैं।

डोरा ब्रूडर के साथ इन चार महीनों का सम्पर्क पूरी तरह ख़त्म न करने का एक तरीक़ा यह है कि मौसम में आते बदलाव की बात की जाए। उस वर्ष 4 नवम्बर बर्फ़बारी का पहला दिन था, जबकि 22 दिसम्बर को कड़ाके के जाड़े की शुरुआत हो गई थी। 29 दिसम्बर को तापमान और भी नीचे गिर गया था और घरों की खिड़कियों पर बर्फ़ की पतली परत जम गई थी। 13 जनवरी के बाद तो साइबेरिया जैसे हालात हो गए थे। पानी जम गया था। लगभग चार हफ़्तों तक ऐसा ही मौसम रहा। 12 फ़रवरी को थोड़ी देर के लिए सूर्य के दर्शन हुए, मानो वसन्त के आगमन का सन्देश दे रहा हो। फुटपाथों पर जमी बर्फ़ राहगीरों के क़दमों से मैले कीचड़ में बदलने लगी थी।

12 फ़रवरी को ही यहूदी मामलों की पुलिस ने मेरे पिता को भी गिरफ़्तार किया था।

22 फ़रवरी को फिर बर्फ़बारी हुई। 25 फ़रवरी को तो इससे भी ज़्यादा और भारी बर्फ़बारी हुई। 3 मार्च को रात के नौ बजे के कुछ ही देर बाद उपनगरों में पहले बम गिरे। पेरिस में घरों की खिड़कियाँ-दरवाजे बुरी तरह खड़खड़ा उठे। 13 मार्च को दिन-दहाड़े सारयनों की आवाज़ से पूरा शहर गूँज उठा। यात्री लगभग दो घंटों तक मेट्रो में फँसे रहे। उन्हें सुरंग के रास्ते बाहर निकाला गया। उसी रात लगभग दस बजे दोबारा सायरन बजे।

15 मार्च का दिन एक ख़ूबसूरत और धूप-भरा दिन था। 28 मार्च को रात के लगभग दस बजे के आसपास कहीं दूर बमबारी होने लगी जो आधी रात तक जारी रही। 2 अप्रैल को सुबह चार बजे सायरन गूँजे और उसके फ़ौरन बाद भारी बमबारी शुरू हो गई, जो छह बजे तक जारी रही। रात को ग्यारह बजे से फिर बमबारी शुरू हो गई।

4 अप्रैल के दिन अखरोट के पेड़ों की कोंपलें फूटती दिखाई दीं। 5 अप्रैल की शाम को एक छोटा-सा वसन्ती तूफ़ान आया, जिसके बाद बहुत ख़ूबसूरत इंद्रधनुष दिखाई दिया। और—"भूल न जाना—कैफ़े द गोबलिंस की टेरेस पर कल शाम की मुलाक़ात!"

कुछ महीने पहले मैं डोरा ब्रूडर का एक चित्र पाने में सफल रहा, जो मेरे पास मौजूद उसके अन्य चित्रों से बिलकुल अलग दिखता है। शायद यह उसका आख़िरी चित्र रहा हो। इस चित्र में पहले वाले चित्रों की तरह उसके चेहरे पर बालसुलभ गुण दिखाई नहीं देते—न उसकी आँखों में, न भरे-भरे गोलाईदार गालों में, न पुरस्कार के दिन

पहनी गई सफ़ेद पोशाक में। मुझे नहीं पता कि यह फ़ोटो कब लिया गया था। या तो यह 1941 के वर्ष में लिया गया होगा, जब वह होली हार्ट ऑफ़ मैरी के छात्रावास में थी, या फिर 1942 की बसन्त में जब वह दिसम्बर में भागने के बाद अप्रैल में अपनी माँ के पास 41 बूलेवा ऑर्नानो लौटी थी।

इस चित्र में वह अपनी माँ और नानी के साथ है। तीनों स्त्रियाँ साथ-साथ खड़ी हैं और नानी सेसिल ब्रूडर और डोरा के बीच में है। माँ के बाल छोटे हैं और उसने काली पोशाक पहन रखी है। नानी ने कोई फूलदार पोशाक पहन रखी है। चित्र में कोई भी मुस्करा नहीं रहा है। डोरा ने सफ़ेद कॉलर वाली कोई काली या नेवी ब्लू टू-पीस पोशाक पहन रखी है। यह भी हो सकता है कि उसने कार्डीगन और स्कर्ट पहन रखी हो, क्योंकि चित्र काफ़ी धुँधला है। वह स्ट्रेप वाले जूते और जुराबें पहने है और उसने कंधे तक आते अपने मध्यम लम्बाई के बालों में एक हेडबैंड लगा रखा है। उसकी बाईं बाँह सीधी है और मुट्ठी बन्द है जबकि दाईं बाँह नानी के पीछे छिपी हुई है। सर तना हुआ है, आँखें गम्भीर हैं, लेकिन होठों पर मानो एक मुस्कान उभरने ही वाली है। इससे उसके चेहरे पर एक उदास मोहकता और अवज्ञा के भाव दिखाई देते हैं। तीनों स्त्रियाँ एक दीवार के सामने खड़ी हुई हैं। ज़मीन पर पत्थर बिछे हैं, जैसेकि सार्वजनिक स्थानों पर दिखाई देते हैं। यह चित्र किसने लिया होगा? अर्नेस्ट ब्रूडर ने? या चित्र में उसकी अनुपस्थिति का कारण उसकी गिरफ़्तारी थी? जो भी हो, इस चित्र से ऐसा लगता है कि तीनों स्त्रियाँ किसी रविवार को ख़ूब तैयार होकर ही कैमरे के सामने आई हैं।

क्या यह हो सकता है कि डोरा इस चित्र में वही नेवी ब्लू स्कर्ट पहने हुए है जिसका जिक्र 'पेरिस स्वार' में छपे लापता के नोटिस में किया गया है?

*

इस तरह के चित्र हर परिवार में होते हैं। कुछ ही सेकेंडों में कैमरे में क़ैद किए गए ये चित्र मानो चिरंतन क्षणों में बदल जाते हैं।

कई बार हम सोचते हैं कि बिजली एक ख़ास जगह ही क्यों गिरती है, कहीं और क्यों नहीं? ये पंक्तियाँ लिखते हुए मुझे अचानक ही अपने पुराने सहकर्मियों का ख़याल आ रहा है। मुझे एक जर्मन लेखक की याद आ रही है। उसका नाम फ्रेडो लॉम्प था।

सबसे पहले मुझे उसके नाम और उसकी पुस्तक के शीर्षक ने ही आकर्षित किया था—'एम रेंद देर नैश'। यह पुस्तक लगभग बीस वर्ष पहले फ्रेंच में अनूदित हुई थी और लगभग उन्हीं दिनों मुझे यह चैम्पस ऐलिसी की एक दुकान में दिखाई दे गई थी। मैंने इस लेखक का नाम पहले नहीं सुना था। लेकिन पुस्तक को खोलने से पहले ही मुझे इसके लहजे और परिवेश का अहसास हो गया था—मानो मैं इस लेखक को पिछले जन्म में पढ़ चुका होऊँ।

फ्रेडो लॉम्प और 'एम रेंद देर नैश' लेखक और पुस्तक दोनों के नाम मेरे लिए किसी रोशन खिड़की की तरह थे। मानो इस खिड़की के पीछे कोई वर्षों से आपके लौटने का इन्तज़ार कर रहा हो। कोई ऐसा व्यक्ति जिसके बारे में आप पूरी तरह भूल चुके हों। या शायद अब वहाँ

कोई भी नहीं हो। ख़ाली कमरे में सिर्फ़ एक लैम्प जलता रह गया हो।

फ्रेडो लॉम्प ब्रेमेन में 1899 में पैदा हुआ था, उसी वर्ष जिस वर्ष अर्नेस्ट ब्रूडर पैदा हुआ था। वह हेडलबर्ग यूनिवर्सिटी में पढ़ा और फिर हैमबर्ग में एक लाइब्रेरियन की नौकरी करने लगा। वहीं उसने अपना पहला उपन्यास 'एम रेंद देर नैश' लिखना शुरू किया। बाद में वह बर्लिन में एक पुस्तक प्रकाशक के यहाँ काम करने लगा। उसकी राजनीति में कोई दिलचस्पी नहीं थी। वह सिर्फ़ ब्रेमेन के बन्दरगाह की रात के रोमांच के बारे में लिखना चाहता था—फ्लड लाइटों, नाविकों, म्यूजिक बैंडों, ट्रेनों की सीटियों, रेलवे पुल, जहाजों के सायरनों और उन सब भटके दिलों के बारे में जो रातों में कोई हमसफ़र ढूँढ़ते हैं। उसका उपन्यास अक्टूबर 1933 में प्रकाशित हुआ, जब हिटलर सत्ता में आ चुका था। उपन्यास को ज़ब्त कर लिया गया और इसके लेखक को 'सन्दिग्ध' घोषित कर दिया गया। वह बेचारा तो यहूदी भी नहीं था। आख़िर किसी को किस बात पर एतराज हो सकता था? सिर्फ़ पुस्तक की मोहकता और पुरानी यादों पर? जैसाकि उसने एक पत्र में लिखा था, उसकी सिर्फ़ एक महत्त्वाकांक्षा थी—'रात के आठ बजे से आधी रात तक के बन्दरगाह के माहौल को जीवन्त करना। मैं सिर्फ़ ब्रेमेन डिस्ट्रिक्ट के बारे में सोचता रहा हूँ, जहाँ में पला-बढ़ा हूँ। मैंने फ़िल्म की तरह छोटे-छोटे दृश्यों के माध्यम से अलग-अलग लोगों की जिन्दगियों को आपस में जोड़ने की कोशिश की है। पूरी पुस्तक बहुत हल्की-फुल्की और प्रवाहशील है—चित्रों, गीतों और आपस में गुँथी विविध कड़ियों के माध्यम से एक परिवेश को जीवन्त करती हुई।"

युद्ध के अन्तिम दिनों के आसपास जब रूसी फ़ौजें आगे बढ़ रही

थीं वह बर्लिन के एक उपनगर में रह रहा था। 2 मई, 1945 को दो रूसी फ़ौजियों ने उसे सड़क पर रोका और उसके काग़ज़ात के बारे में पूछताछ करने लगे। इसके बाद वे उसे घसीटकर एक पार्क में ले गए और यह जानने की कोशिश किए बिना ही कि वह एक भला और निर्दोष व्यक्ति है या दुष्ट उन्होंने उसे पीट-पीटकर मार डाला। कुछ पड़ोसियों ने उसे उसी पार्क में बर्च के एक पेड़ के नीचे दफ़ना दिया और उसके काग़ज़ात और हैट पुलिस को सौंप दिए।

*

फ्रेडो लॉम्प की तरह एक और जर्मन लेखक फेलिक्स हार्टलॉब भी ब्रेमेन बन्दरगाह के आसपास पला-बढ़ा था। वह 1913 में पैदा हुआ था। क़ब्ज़े के दिनों में वह पेरिस में था। उसे इस युद्ध से और अपनी भूरी-हरी वर्दी से दहशत होती थी। मुझे उसके बारे में बहुत कम जानकारी है। लेकिन 1950 के दशक में मैंने किसी पत्रिका में उसकी एक लघु पुस्तक 'फॉन उन्तेन जिसहेन' के कुछ अंशों का फ्रेंच अनुवाद पढ़ा था। जनवरी 1945 में उसने इसकी पांडुलिपि अपनी बहन को सौंप दी थी। इन अंशों को 'नोट्स एट इम्प्रेशंस' शीर्षक से छापा गया था। इनमें पेरिस की भीड़भाड़ और जर्मनों के क़ब्ज़े के बाद विदेश मंत्रालय के सैकड़ों ख़ाली और धूल-भरे कमरों का वर्णन था, जिनकी बत्तियाँ बेकार ही जलती रहती थीं और जिनके सन्नाटे में घड़ियाँ लगातार बजती रहती थीं। युद्ध की दहशत को भुलाने के लिए वह हर रात अपनी वर्दी की जगह सादा पोशाक पहनकर पेरिस की सड़कों पर निकल पड़ता, और

आम नागरिकों की तरह जीने की कोशिश करता। पुस्तक में ऐसे ही कुछ अनुभवों का वर्णन है। एक रात वह सोलफेरिनो से मेट्रो पकड़कर त्रिनिते स्टेशन पर उतर गया और इधर-उधर भटकने लगा। गर्मियों के दिन थे और हवा काफ़ी गर्म थी। ब्लैक-आउट होने के कारण हर तरफ़ अँधेरा था। र्यू द क्लिशी के एक वेश्यालय में उसे एक सोफ़े पर एक अकेली और उदास टाइरोलिन हैट पड़ी दिखाई दी। आसपास से लड़कियाँ आ-जा रही थीं। "यह एक दूसरी दुनिया थी", उसने लिखा, "लगता था जैसे लड़कियाँ नींद में चल रही हों या क्लोरोफॉर्म के प्रभाव में हों। सब कुछ एक रहस्यमयी-सी दूधिया रोशनी में धुला-धुला-सा प्रतीत हो रहा था।" वह ख़ुद भी एक दूसरी दुनिया में था—हर चीज़ को दूर से देखता हुआ और हर हलचल का बारीकी से अध्ययन करता हुआ—लेकिन साथ ही हर चीज़ से निर्लिप्त महसूस करता हुआ। मानो युद्ध से घिरी इस दुनिया से उसका कोई सरोकार न हो। वह भी फ्रेडो लॉम्प की तरह बर्लिन में ही मारा गया। वह सिर्फ़ तैंतीस वर्ष का था। युद्ध के आख़िरी दिनों में, 1945 के बसन्त के आसपास, एक विनाशरत दुनिया और नरसंहार के बीच जहाँ वह ग़लती से आ गया था, वह उस वर्दी को पहने हुए मरा जो उसे सख़्त नापसन्द थी और जो उसकी अपनी थी भी नहीं।

*

और अब, ऐसा क्यों है कि इतने सारे लेखकों में से मुझे कवि रोजर गिल्बर्ट-लेकोम्त का ख़याल आ रहा है? वह भी उन दोनों की तरह इसी

दौरान मारा गया था—मानो कुछ लोगों पर बिजली गिरना ज़रूरी है ताकि दूसरे इसके क़हर से बचे रह सकें।

संयोग से हमारे रास्ते आपस में टकराते रहे थे। जब मैं उसकी उम्र का था तो उसी की तरह पेरिस के दक्षिणी उपनगरों में रह रहा था। बूलेवा ब्रून, र्‌यू द अलेशिया, होटल प्राइमावेरा, र्‌यू दि ला वोई-वेयर...। वह 1938 में भी वहीं था और एक जर्मन-यहूदी लड़की रुथ क्रोनेनबर्ग के साथ पोर्त द ओर्लिअन्स में रह रहा था। फिर उसी के साथ वह 1939 में पास ही प्लेजांस डिस्ट्रिक्ट में शिफ़्ट हो गया। यह 16 र्‌यू बार्दिने में स्थित एक स्टूडियो था। पता नहीं कितनी बार मैं उन गलियों में गया हूँ, इस बात से बेख़बर कि मुझसे पहले गिल्बर्ट-लेकोम्त वहाँ से गुज़र चुका है। 1965 में मैंने मौंमार्त्र में दक्षिणी तट के एक कैफ़े में एक पूरी दोपहर गुजारी थी। यह कैफ़े स्क्वेयर क्लिन्याकूर्र के एक नुक्कड़ पर स्थित था। मुझे बिलकुल भी इल्म नहीं था कि तीस वर्ष पहले गिल्बर्ट-लेकोम्त वहाँ रह चुका था—र्‌यू क्लिन्याकूर्र मौंमार्त्र 42-99 के सामने के एक होटल में।

उन्हीं दिनों मैं एक डॉक्टर के सम्पर्क में आया था। मुझे लगता था कि मेरे फेफड़े में कुछ ख़राबी है। मैंने उसे एक सर्टिफिकेट देने के लिए कहा ताकि मैं राष्ट्रीय सेवा के झंझट से बच सकूँ। ज्याँ पुयुबेर नामक इस डॉक्टर ने मुझे अपने क्लीनिक में बुलाया और मेरा एक्स-रे लिया। मेरे फेफड़े में कुछ नहीं निकला। फिर भी मैं फ़ौज में भर्ती होने से बचना चाहता था। ऐसा भी नहीं था कि कोई युद्ध छिड़ा हुआ हो। मैं सिर्फ़ बैरकों की ज़िन्दगी से दूर रहना चाहता था, क्योंकि ग्यारह से लेकर सत्रह वर्ष की उम्र तक मैं बोर्डिंग स्कूलों की बन्धनग्रस्त ज़िन्दगी से बुरी तरह उकता चुका था।

मुझे नहीं पता कि डॉ. ज्याँ पुयुबेर का क्या हुआ। उससे मिलने के कई दशक बाद मैंने जाना कि गिल्बर्ट-लेकोम्त उसके क़रीबी मित्रों में से था और उसने भी मेरी उम्र में उससे ऐसा ही एक सर्टिफिकेट माँगा था कि उसे प्लूरिसी है। वह भी मेरी तरह राष्ट्रीय सेवा से बचना चाहता था।

रोजर गिल्बर्ट-लेकोम्त ने अपने आख़िरी वर्ष पेरिस में ही क़ब्ज़े के माहौल में गुज़ारे। जुलाई 1942 में उसकी मित्र रुथ क्रोनेनबर्ग फ्रांस के फ्री-जोन में स्थित कोलियोर बीच से लौट रही थी तो उसे गिरफ़्तार कर लिया गया। 11 सितम्बर को उसे अन्य कई लोगों के साथ डिपोर्ट कर दिया गया—डोरा ब्रूडर से एक हफ़्ता पहले। 1935 में लगभग बीस वर्ष की उम्र में वह कोलोन से पेरिस आई थी क्योंकि वह नस्लवादी क़ानूनों से दुखी हो गई थी। वह काव्य और रंगमंच की दीवानी थी। रंगमंच की पोशाकें बनाने के लिए उसने सिलाई करना भी सीखा था। मोंपारनास के कई अन्य कलाकारों के साथ वह जल्दी ही रोजर गिल्बर्ट-लेकोम्त के सम्पर्क में आ गई थी।

रोजर उसके जाने के बाद र्‍यू बार्दिने के अपने स्टूडियो में अकेला रहता रहा। फिर सामने के एक कैफे की मालकिन मादामजेल फिरमत ने उसे अपने यहाँ बुला लिया और उसकी देखभाल करने लगी। फेफड़ों की गम्भीर बीमारी उसे बहुत परेशान कर रही थी और वह पहले से आधा रह गया था। 1942 की पतझड़ में उसने बोई-कोलोम्ब के उपनगरों की बहुत-सी थका देनेवाली यात्राएँ कीं जहाँ र्‍यू देस ऑबेपाइंस में एक डॉक्टर ब्रेवाइन रहता था। इस डॉक्टर ने उसे एक पर्ची बनाकर दे दी ताकि वह थोड़ी-सी हेरोइन ख़रीद सके। उसके आने-जाने पर कड़ी नज़र

रखी जा रही थी। 21 अक्टूबर, 1942 को उसे गिरफ़्तार करके सांते भेज दिया गया, जहाँ 19 नवम्बर तक वह एक शफ़ाख़ाने में रहा। इसके बाद उसे अगले महीने अदालत में पेश होने का सम्मन थमाकर रिहा कर दिया गया। उस पर "पेरिस, कोलोम्ब, बोइ-कोलोम्ब, एसनिए में 1942 के दौरान ग़ैरक़ानूनी ढंग से और पर्याप्त कारण के बिना हेरोइन, मार्फिन, कोकेन इत्यादि प्रतिबन्धित पदार्थ खरीदने और अपने पास रखने का" आरोप था।

1943 के शुरू में वह कुछ समय तक ईपर्ने के एक क्लीनिक में रहा। इसके बाद मादामजेल फिरमत ने अपने कैफ़े के ऊपर के कमरे में उसके रहने की व्यवस्था कर दी। रोजर ने अपना स्टूडियो एक लड़की को किराए पर दे दिया था। वह एक छात्रा थी और स्टूडियो से जाते समय मोर्फिन की शीशियों का एक पूरा डिब्बा वहीं छोड़ गई थी। यह डिब्बा रोजर के बहुत काम आया। मुझे उस लड़की का नाम नहीं पता चल पाया।

1 दिसम्बर, 1943 को रोजर टिटनेस का शिकार होकर चल बसा। तब वह ब्रोसई अस्पताल में भर्ती था और सिर्फ़ छत्तीस वर्ष का था। युद्ध से पहले उसकी कतिाओं के दो संकलन छपे थे। उनमें से एक का शीर्षक था—'ल विए, ल' अमोर, ल मोर्त, ल विदे एट ले वेन।

*

बहुत-से ऐसे मित्र, जिन्हें मैं कभी नहीं जान पाया 1945 में इस दुनिया से चले गए—जिस वर्ष मैं पैदा हुआ था।

बचपन में मैं 15 क्यूई द कौंती के जिस घर में रहता था वहाँ मेरे पिता 1942 से ही रह रहे थे। मेरा कमरा बिल्डिंग के आँगन के ठीक ऊपर था। मेरे पिता से पहले यही घर मॉरिस सैक्स ने किराए पर ले रखा था।*

उसने अपनी पुस्तक में लिखा है कि उसने यह घर अल्बैर् नाम के एक व्यक्ति को दे दिया था, जिसका उपनाम 'ला जेबू'** था। देखते ही देखते यह घर "अपनी फिल्म कम्पनी बनाने के सपने देखनेवाले संघर्षशील युवा अभिनेताओं और लेखन के नए-नए शौकीन किशोरों" का डेरा बन गया था। इस 'जेबू' यानी अल्बैर् सैकी का पहला नाम वही था जो मेरे पिता का था, और मेरे पिता की तरह ही वह भी स्लोनिका के एक इतालवी यहूदी परिवार से था। उसका पहला उपन्यास इक्कीस वर्ष की उम्र में गेलीमार प्रकाशन से प्रकाशित हुआ था, जैसा कि ठीक तीस वर्ष बाद उसी उम्र में मेरे साथ भी हुआ। 1938 में प्रकाशित उसका यह उपन्यास फ्रांसुआ-वेर्बे के नाम से छपा था। बाद में वह प्रतिरोध आन्दोलन से जुड़ गया और जर्मनों ने उसे गिरफ़्तार कर लिया। जेल की कोठरी नं. 218 की एक दीवार पर उसने लिखा था—"जेबू, 10.2.44 को गिरफ़्तार। तीन महीने सिर्फ़ ब्रेड और पानी, 9-28 मई को लम्बी पूछताछ। 9 जून को डॉक्टर द्वारा जाँच—मित्र सेनाओं के आगमन के दो दिन बाद।"

2 जुलाई, 1944 को उसे कोम्पेन के शिविर से डिपोर्ट करके इटली वापस भेज दिया गया, मार्च 1945 को डचाउ में उसकी मृत्यु हो गई।

---

* 'ला चेज़ ए क्युरे' पुस्तक का लेखक, जिसमें क़ब्ज़े के दौरान उसके ब्लैक-मार्केटिंग के धंधे का वर्णन है।

** तीखे सींगों और भारी कूबड़ वाले घरेलू साँड़ को 'जेबू' कहा जाता है।

इस तरह, उसी घर में जहाँ मॉरिस सैक्स सोने की ब्लैक-मार्केटिंग करता रहा था, और जहाँ बाद में एक छद्म नाम से मेरे पिता चोरी-छिपे रहते रहे थे, 'जेबू' ने मेरे बचपन के शयनकक्ष पर क़ब्ज़ा जमाए रखा था। मेरे पैदा होने से कुछ ही पहले उसने और उसी की तरह के दूसरों ने सब की सब सज़ाएँ भुगत ली थीं—ताकि हम पर कोई आँच न आए। मुझे अठारह वर्ष की उम्र में ही इस बात का अहसास हो गया था। तब जब मैं अपने पिता के साथ काली मारिया में बैठकर पुलिस स्टेशन गया था। वह यात्रा दूसरों की ऐसी यात्राओं की पैरोडी मात्र थी। पुलिस की वही गाड़ियाँ थीं और वही पुलिस स्टेशन थे—लेकिन उनमें से कोई भी मेरी तरह अपने पैरों पर घर नहीं लौटा था।

*

31 दिसम्बर को, जब आज ही की तरह बहुत जल्दी अँधेरा हो गया था, मैं शाम से कुछ पहले डॉ. फर्दियेर से मिलने गया था। मैं तब तेईस वर्ष का था और मेरी ज़िन्दगी का वह दौर उलझनों और अनिश्चितताओं से भरा हुआ था। इस डॉक्टर ने मेरे साथ जबर्दस्त हमदर्दी दिखाई थी। मुझे उसके बारे में सिर्फ़ यह हल्की-सी जानकारी थी कि उसने अंतोना आर्तो* को एक मनोरोग अस्पताल में भर्ती किया था और उसके इलाज के लिए पूरा ज़ोर लगा दिया था।

---

* अभिनेता, कवि और जाना-माना रंगकर्मी। 1946 तक फ्री-जोन के एक चिकित्सालय में रहने के बाद 1948 में उसकी मृत्यु हो गई।

उस शाम मैंने डॉ. फर्दियेर को अपनी पहली पुस्तक की एक प्रति भेंट की तो वे पुस्तक का शीर्षक पढ़कर आश्चर्य से मेरी तरफ़ देखने लगे। इसके बाद उन्होंने अपनी बुकशेल्फ से एक पतली-सी पुस्तक निकाली, जिसका हू-ब-हू वही शीर्षक था—'ला प्लेस दि ला' इतोइल। इसके लेखक का नाम रॉबेयर डेसनो* था।

डॉ. फर्दियेर ने बताया कि रॉबेयर उनका मित्र था और उन्होंने ख़ुद ही यह पुस्तक प्रकाशित की थी—1945 में तेरजिन के शिविर में उसकी मृत्यु के कुछ ही महीने बाद, रोडेज में। मैं ख़ुद उसी वर्ष पैदा हुआ था। मुझे बिलकुल भी इल्म नहीं था कि देसनो ने 'ल प्लेस दि ला'इतोइल' नाम से कोई पुस्तक लिखी थी। अनजाने में ही मैंने उसकी पुस्तक का शीर्षक चुरा लिया था।

---

* पेरिस के कला-जगत में एक चर्चित नाम। बाद में प्रतिरोध आन्दोलन से भी जुड़ाव।

दो महीने पहले मेरे एक मित्र को न्यूयॉर्क के विवो इंस्टीट्यूट के अभिलेखागार में बहुत-से ऐसे दस्तावेज़ मिले जो क़ब्ज़े के दिनों के 'यूनियन जेनेरेले देस इजरेलाटेस डि फ्रांस' से सम्बन्धित थे। इनमें निम्नलिखित पत्र भी शामिल था—

3L/SBL/ 17 जून, 1942

0032

मादामजेल सालोमों के नाम ज्ञापन

क्लिन्याकूर्र पुलिस की मदद से इस महीने की 15 तारीख़ को डोरा ब्रूडर को उसकी माँ को सौंप दिया गया है।

यह देखते हुए कि वह बार-बार भागती रही है, बेहतर यह होगा कि उसे बालिकाओं के किसी सुधार-गृह में भेज दिया जाए।

उसका पिता एक शिविर में है और माँ बहुत तंगी में दिन काट

रही है, इसलिए अगर ज़रूरी हुआ तो इस सम्बन्ध में पुलिस के सामाजिक कार्यकर्ता उपयुक्त कदम उठाएँगे।

इस तरह, 17 अप्रैल, 1942 को अपनी माँ के पास लौटने के बाद डोरा ब्रूडर एक बार फिर भाग गई थी। हमें नहीं मालूम कि कितने दिनों के लिए। एक महीना? या 1942 की बसन्त का डेढ़ महीना? या सिर्फ़ एक हफ़्ता? उसे कहाँ और किन परिस्थितियों में गिरफ़्तार करके क्लिन्याकूर्र पुलिस स्टेशन ले जाया गया था?

7 जून से पीला स्टार पहनना अनिवार्य कर दिया गया था। 'ए' और 'बी' अक्षरों के नाम वाले यहूदी मंगलवार, 2 जून से ही पुलिस स्टेशनों में अपना 'स्टार' लेने जाने लगे थे। इसके लिए उन्हें एक विशेष रजिस्टर में हस्ताक्षर करने पड़ते थे।

क्या गिरफ़्तारी के समय डोरा ब्रूडर ने अपना 'स्टार' पहन रखा था? मुझे ऐसा नहीं लगता, अगर उसकी कज़िन की बातों पर यक़ीन करें तो वह एक विद्रोही और स्वतंत्र दिमाग़ वाली लड़की थी। और फिर, इस बात की पूरी सम्भावना है कि जून महीने से बहुत पहले ही वह घर से दोबारा भाग गई हो।

क्या 'स्टार' न पहनने के कारण उसे किसी सड़क पर रोक लिया गया था? मेरे पास जून 1942 का एक निर्देश-पत्र है, जिसमें आठवें क़ानून* के अनुसार अपना पहचान-चिह्न नहीं पहननेवालों को दिए जानेवाले दंड का विवरण है—

---

* विची सरकार ने अक्टूबर 1940 में यहूदियों का पहला कानून (स्टेटस देस जुइफिस) जारी किया था।

अपराध जाँच विभाग और महानगरीय पुलिस के निदेशकों की तरफ़ से सभी डिवीजनों के चीफ़ सुपरिंटेंडेंटों, ट्रैफिक कमिश्नरों, पेरिस डिस्ट्रिक्ट के सुपरिंटेंडेंटों और अन्य सभी महानगरीय और अपराध जाँच विभागों के नाम (प्रति : गुप्तचर सेनाओं के निदेशालय, तकनीकी सेवाओं के निदेशालय और विदेशी और यहूदी मामलों के निदेशालय)

कार्य-प्रणाली

(1) यहूदी—18 वर्ष और उससे अधिक उम्र के पुरुष : क़ानून का उल्लंघन करते पाए गए, किसी भी यहूदी को ट्रैफिक कमिश्नर द्वारा एक वारंट जारी करके डिपो में भेज दिया जाए। (इस ट्रांसफर वारंट की एक प्रति डिविजनल सुपरिंटेंडेंट रॉक्स, प्रमुख मोटर वाहन विभाग* और डिपो यूनिट को भेजी जाए। इस वारंट में गिरफ़्तारी की जगह, तारीख़, समय और परिस्थितियों के साथ-साथ गिरफ़्तार किए गए व्यक्ति का नाम, प्रथम नाम, जन्म की तारीख़ और जगह, पारिवारिक दर्जा, रोज़गार, निवास-स्थान और राष्ट्रीयता की जानकारी भी दर्ज की जाए।

(2) यहूदी महिलाएँ और 16 से 18 वर्ष की उम्र के बालक और बालिकाएँ :

---

* मोटर वाहन विभाग का उल्लेख इसलिए किया गया है क्योंकि यहूदियों को स्थानान्तरित करने के लिए विशेष पेरिस ग्रीन बसें चलाई गई थीं। —प्राइस-जोंस, पूर्वोद्धृत

इन सभी को भी ट्रैफिक कमिश्नर द्वारा वारंट जारी करके और उपरोक्त सभी जानकारियाँ दर्ज करके डिपो में भेजा जाए।

डिपो के अधिकारी को इस ट्रांसफर वारंट की मूल प्रति विदेशी और यहूदी मामलों के निदेशालय को भेजनी होगी, जो जर्मन अधिकारियों के साथ परामर्श के बाद हर मामले में उपयुक्त फ़ैसला लेगा। इस निदेशालय के लिखित आदेशों के बिना किसी भी व्यक्ति को रिहा न किया जाए।

अपराध जाँच निदेशालय,
तेंगुए
महानगरीय पुलिस निदेशालय
हेन्नेक्विन

उस जून के महीने में डोरा जैसे सैकड़ों किशोर-किशोरियों को तेंगुए और हेन्नेक्विन के निर्देशों के अनुसार सड़कों पर रोककर गिरफ़्तार कर लिया गया और उपरोक्त निर्देश पर अमल करते हुए 'डिपो' और फिर बन्दी शिविरों में भेज दिया गया। ऑशवित्ज़ से पहले ये बच्चे आमतौर से ड्रेंसी के शिविर में रखे जाते थे। कहने की ज़रूरत नहीं है कि इनके नाम पर जो 'ट्रांसफर वारंट' जारी किए जाते थे और जिनकी एक प्रति सुपरिंटेंडेंट रॉक्स को भेजी जाती थी, युद्ध के बाद नष्ट करा दिए गए। ऐसा भी हो सकता है कि इन्हें शिविरों में भेजते ही इन काग़ज़ों को नष्ट कर दिया जाता हो। फिर भी, कुछ ऐसे वारंट अनजाने में नष्ट होने से बच गए और इधर-उधर पड़े रह गए। जैसेकि यह—

पुलिस रिपोर्ट दिनांक 25 अगस्त, 1942 : मैं निम्नलिखित व्यक्तियों को पहचान-चिह्न न पहनने के कारण डिपो में भेज रहा हूँ—

स्टरमाँ, ईस्थर, जन्म 13 जून, 1926, पेरिस, बारहवाँ, निवास-स्थान पर, र्‌यू दे फ्रांक-बुर्जुआ, आठवाँ

रोसटीन, बेंजेमिन, जन्म 19 दिसम्बर, 1922, वारसा, 5 र्‌यू देस फ्रांक-बुर्जुआ, इंस्पैक्टर्स ऑफ़ इंटेलीजेंस सर्विस द्वारा गेरे द ऑस्टर्लिज में गिरफ़्तार, सेक्शन 3...।

पुलिस रिपोर्ट दिनांक 1 सितम्बर, 1942 : इंस्पेक्टर क्युरिनियर और इंस्पेक्टर लैसली की तरफ़ से चीफ सुपरिंटेंडेंट, स्पेशल ब्रिगेड के नाम।

हम निम्नलिखित लड़की को आपकी कस्टडी में भेज रहे हैं—

जेकबसन, लुइस, जन्म पेरिस, बारहवाँ प्रान्त, चौबीस दिसम्बर 1924...फ्रेंच राष्ट्रीयता प्राप्त, 1925...नस्ल यहूदी... अविवाहित...छात्रा...अपनी माँ के साथ 8 र्‌यू देस बॉल, ग्यारहवाँ प्रान्त में निवास।

आज अपने पैतृक निवास पर दोपहर के लगभग 2 बजे निम्नलिखित परिस्थितियों में गिरफ़्तार—

हम उपरोक्त पते पर घर में जाँच-पड़ताल कर रहे थे तो यह लड़की जेकबसन अपने घर लौटी। हमने पाया कि जर्मन

आदेश के अनुसार उसने अपना पहचान-चिह्न नहीं पहन रखा था।

उसने कहा कि वह सुबह साढ़े आठ बजे अपनी पढ़ाई के लिए घर से निकली थी और लिसी हेनरी IV र्‌यू क्लोवि तक गई थी।

लेकिन उसके पड़ोसियों ने हमें बताया कि वह अकसर अपना पहचान-चिह्न पहने बिना ही घर से निकल जाती है।

हमारे पास या अपराध जाँच विभाग की फ़ाइलों में इस लड़की का कोई रिकॉर्ड नहीं है।

17 मई, 1944—कल दोपहर 2.45 पर दो पुलिस अफसरों ने अठारहवें प्रान्त में फ्रेंच यहूदी बारमां, ज्यूल्स, को गिरफ़्तार किया। जन्म 25 मार्च, 1925, पेरिस...निवास स्थान 40 र्‌यू दु रुइसो (19वाँ)। पीला स्टार न पहनने के कारण पूछताछ के बाद वह भाग खड़ा हुआ। पुलिस ने उसका पीछा किया और उसे चोट पहुँचाए बिना तीन बार गोली चलाई। आख़िरकार उसे 12 र्‌यू चार्ल्स-नोडियर (18वाँ) की आठवीं मंज़िल पर गिरफ़्तार कर लिया गया, जहाँ उसने शरण ले रखी थी।

लेकिन 'मादामज़ेल सलोमों के नाम ज्ञापन' के अनुसार पुलिस ने डोरा ब्रूडर को उसकी माँ को सौंप दिया था। पता नहीं उसने अपना पीला स्टार पहन रखा था या नहीं—लेकिन उसकी माँ ने ज़रूर पहन रखा होगा। इसका मतलब है कि क्लिन्याकूर्र पुलिस स्टेशन पर उसके साथ वैसा ही

व्यवहार किया गया होगा जैसा किसी भी सामान्य भागी हुई लड़की के साथ किया जाता था। या कहीं ऐसा तो नहीं कि पुलिस ने ख़ुद ही 'सलोमों के नाम मेमो' तैयार कर लिया हो?

मैं मादामज़ेल सालोमों के बारे में कुछ भी पता नहीं लगा पाया हूँ। क्या वह अब भी जीवित है? जाहिर है कि वह 'यू.जी.आई.एफ.' की सदस्य रही होगी। यह फ्रेंच इसराइलियों की एक संस्था थी और जर्मन क़ब्ज़े के दौरान यहूदी समुदाय में परोपकार का काम करती थी। इस संस्था का पूरा नाम 'यूनियन जनरल दे इसराइलीज़ दि फ्रांस' था और इसने बहुत से मुसीबत के मारे यहूदियों की मदद भी की। लेकिन यह भी सच है कि इसका गठन ख़ुद जर्मनों और विची सरकार की पहल से ही हुआ था, इसलिए इस संस्था की अपनी सीमाएँ थीं। सरकार का ख़याल था कि इस तरह की किसी संस्था पर नियंत्रण रखने से उसे अपने उद्देश्यों में मदद मिलेगी जैसाकि पोलैंड के शहरों और क़स्बों में स्थापित 'यूदेरांते' द्वारा किया गया था।

यू.जी.आई.एफ. के संरक्षक और सदस्य यहूदियों के पास 'लेजिटिमाइज़ेशन कार्ड' यानी एक क़ानूनी-पत्र होता था, जो उन्हें गिरफ़्तार किए जाने या शिविरों में भेजे जाने से बचाता था। लेकिन यह विशेषाधिकार सिर्फ़ एक छलावा साबित हुआ। 1943 के बाद ख़ुद इस संस्था के ही सैकड़ों नेताओं और सदस्यों को गिरफ़्तार करके फ्रांस से डिपोर्ट कर दिया गया। ऐसे लोगों की सूची में मुझे एक नाम 'एलिस सलोमों' दिखाई दिया है, जो फ्री-जोन में काम करती थी। मुझे नहीं लगता कि वह वही 'मादामज़ेल सालोमों' होगी जिसके नाम डोरा ब्रूडर सम्बन्धी मेमो भेजा गया था।

यह 'मेमो' लिखा किसने था? अगर इसमें यू.जी.आई.एफ़. के किसी सदस्य का हाथ था तो इसका मतलब होगा कि डोरा ब्रूडर और उसके माता-पिता इस संस्था के सम्पर्क में रहे होंगे। ऐसा भी हो सकता है कि दूसरे हज़ारों यहूदियों की तरह घोर ग़रीबी में दिन काट रही डोरा की माँ एक आख़िरी सहारे के रूप में इस संस्था के पास गई हो। सिर्फ़ यही एक संस्था थी जिसके माध्यम से उसे ड्रेंसी के शिविर में बन्द अपने पति की कोई ख़बर मिल सकती थी, या उसे खाने के पैकेट भिजवाए जा सकते थे। उसे ऐसा भी लगता रहा होगा कि शायद यह संस्था उसकी बेटी को ढूँढने में भी कोई मदद कर सके।

पुलिस की फ़ाइलों में दर्ज 'मेमो' के अनुसार, "अगर ज़रूरी हुआ तो इस सम्बन्ध में पुलिस के सामाजिक कार्यकर्ता उपयुक्त कदम उठाएँगे।"

1942 में ये सामाजिक कार्यकर्ता अवयस्कों की सुरक्षा से जुड़ी ब्रिगेड के लिए काम करनेवाली बीस महिलाएँ थीं। यह ब्रिगेड अपराध जाँच विभाग का ही हिस्सा थी। एक वरिष्ठ सामाजिक कार्यकर्ता के अधीन काम करनेवाली यह टीम एक स्वायत्त विभाग थी।

उन दिनों का एक चित्र मेरे हाथ लगा है। इसमें लगभग पच्चीस वर्ष की दो महिलाएँ दिखाई दे रही हैं। दोनों काली या नेवी ब्लू वर्दी में हैं और सर पर एक बैज वाली टोपी पहने हुए हैं। इस बैज पर रोमन लिपि के दो 'पी' अक्षरों की आकृति है—यानी 'प्रिफेक्चर ऑफ़ पुलिस'। बाईं तरफ़ वाली महिला के बाल कंधों तक लम्बे हैं और उसने एक कंधे पर एक बस्ता लटका रखा है। दाईं तरफ़ वाली महिला ने गाढ़ी लिपस्टिक लगा रखी है। बाईं तरफ़ वाली महिला के पीछे दीवार पर एक तख़्ती टँगी दिखाई दे रही है—'पुलिस समाज सेवा'। इसके नीचे एक तीर के चिह्न

के नीचे लिखा है—'समय 9.30 से 12.00 बजे तक'। नीचे एक दूसरी तख़्ती भी है, जो महिला के बालों और टोपी से आधी छिप गई है। सिर्फ़ इतना दिखाई दे रहा है—

'डिपार्टमेंट ऑफ़...

इंस्पेक्टर्स'

इसके नीचे भी एक तीर का चिह्न और कुछ शब्द दिखाई दे रहे हैं—'रास्ता दाईं तरफ़ से है—कमरा नं. ...'

हम कभी नहीं जान पाएँगे कि उस कमरे का नम्बर क्या था।

मैं सोच रहा हूँ कि 15 जून और 17 जून के बीच डोरा का क्या हुआ। 15 जून को उसे क्लिन्याकूर्र के पुलिस स्टेशन लाया गया था, जबकि 17 जून को मादामज़ेल सालोमों के नाम 'मेमो' लिखा गया था। क्या उसे इस बीच अपनी माँ के साथ घर जाने दिया गया था?

अगर वह सचमुच ही अपनी माँ के साथ अपने घर यानी बूलेवा ऑर्नानो वाले होटल चली गई थी—जो र्‌यू हरमेल के दूसरे सिरे पर एकदम पास ही था—तो इसका मतलब है कि सामाजिक कार्यकर्ता तीन दिन बाद उसके घर पहुँच गए होंगे। यानी मादामज़ेल सालोमों को 'मेमो' मिल जाने के अगले दिन।

लेकिन मेरे मन में बार-बार यह बात आ रही है कि चीज़ें इतनी आसान नहीं रही होंगी। मैं अक्सर र्‌यू हरमेल पर दोनों तरफ चला हूँ। ब्यूट मौंमार्त्र की ओर भी और पुलिस स्टेशन से ऑर्नानो की तरफ़ भी। मैं आँखें बन्द करके यह कल्पना करने की कोशिश करता हूँ कि डोरा और उसकी माँ इसी रास्ते से अपने घर लौट रही हैं—लेकिन मैं चाहकर भी

यह कल्पना नहीं कर पाता कि जून की दोपहर के किसी भी आम दिन की तरह वे टहलते हुए घर जा पहुँची होंगी।

मेरा ख़याल है कि 15 जून को क्लिन्याकूर्र पुलिस स्टेशन में डोरा और उसकी माँ एक ऐसे घटनाचक्र में फँस गई होंगी जिस पर उनका कोई नियंत्रण नहीं था। बच्चे अपनी ज़िन्दगी से अपने माँ-बाप से कहीं ज़्यादा अपेक्षाएँ रखते हैं और कोई मुश्किल आने पर बड़ी हिंसक प्रतिक्रिया व्यक्त करते हैं। वे अपने माँ-बाप से कहीं ज़्यादा दूर तक जाना चाहते हैं—इतना दूर कि उनके माँ-बाप उनकी रक्षा करने में असमर्थ हो जाते हैं।

पति के शिविर में बन्द होने के बाद से घोर तंगी में जी रही और हर समय अपना पीला 'स्टार' पहने रखनेवाली सेसिल ब्रूडर पुलिस, मादामज़ेल सालोमों, सामाजिक कार्यकर्ताओं, जर्मन डिक्रियों और फ्रेंच क़ानूनों का बड़ी मुश्किल से सामना कर पाई होगी और लाचार महसूस करती रही होगी। डोरा को सँभाल पाना तो उसे नामुमकिन-सा लगता होगा, जो उस जाल को काट डालने पर तुली हुई थी जो उस पर और उसके माता-पिता पर डाल दिया गया था।

"यह देखते हुए कि वह बार-बार भागती रही है, बेहतर यह होगा कि उसे बालिकाओं के किसी सुधार-गृह में भेज दिया जाए।"

शायद डोरा को क्लिन्याकूर्र पुलिस स्टेशन से डिपो यानी पुलिस हेडक्वार्टर्स में ही ले जाया गया होगा, जैसाकि आमतौर से होता था। तो वह उस बिना खिड़कियों वाले तहख़ाने से परिचित हो गई होगी जिसकी दमघोंटू कोठरियों में यहूदी स्त्रियाँ, वेश्याएँ, अपराधी और राजनीतिक बन्दी एक-साथ जीने-मरने को मजबूर थीं। वह वहाँ की जुंओं, सड़ाँध,

वार्डनों और काली पोशाकों में लिपटी डरावनी ननों के बारे में भी जान गई होगी जिनसे किसी तरह की नरमी या दया की उम्मीद करना बेकार था।

यह भी हो सकता है कि उसे सीधे सामाजिक कार्यकर्ताओं के दफ़्तर में ले जाया गया हो—'समय 9.30 से 12.00 बजे तक'। वह दाईं तरफ़ वाले रास्ते की तरफ़ बढ़कर उस कमरे में पहुँची होगी जिसका नम्बर मैं कभी नहीं जान पाऊँगा।

जो भी हो, वह 19 जून 1942 को एक पुलिस वैन में ज़रूर सवार हुई होगी, जिसमें पहले से ही उसी की उम्र की पाँच लड़कियाँ मौजूद थीं। या शायद बाकियों को रास्ते में पड़नेवाले पुलिस स्टेशनों से एक-एक करके बिठाया गया हो। उन सभी की मंज़िल एक थी—पोर्ते द लिला स्थित बूलेवा मोर्तियर का तोरेल बन्दी शिविर।

1942 के तोरेल शिविर का रजिस्टर अब भी मौजूद है। इसके कवर पर सिर्फ़ एक शब्द अंकित है—'महिलाएँ'। इसमें बन्दी महिलाओं की सूची है, जो शिविर में उनके आने की तारीख़ के अनुसार बनाई गई है। इन महिलाओं को प्रतिरोध गतिविधियों में शामिल होने, कम्युनिस्ट होने और अगस्त 1942 के बाद से जर्मन क़ानूनों का उल्लंघन करनेवाली यहूदी होने के कारण गिरफ़्तार किया गया था। यहूदियों को रात के आठ बजे के बाद घर से बाहर निकलने की मनाही थी, उनके लिए पीले 'स्टार' वाला पहचान-चिह्न पहनना ज़रूरी था, और फ्री-जोन वाली सीमा-रेखा पार करने की अनुमति नहीं थी। इसके अलावा उन्हें टेलीफ़ोन का इस्तेमाल करने और साइकिल, रेडियो इत्यादि रखने की अनुमति भी नहीं थी।

इस रजिस्टर में 19 जून 1942 की प्रविष्टि के अन्तर्गत निम्नलिखित पंक्तियाँ हैं—

आगमन 19 जून, 1942

439...19.6.42...ब्रूडर, डोरा...25.2.26, पेरिस, बारहवाँ... फ्रेंच...41 बिल्डिंग ऑर्नानो...जे.एक्स.एक्स ड्रेंसी 13/8/42

इसी तारीख़ में लगभग डोरा की उम्र की ही अन्य पाँच लड़कियों का भी विवरण दर्ज है—

(1) 440...19.6.42...पाँचवाँ...विनेरबे कलॉदिन... 26.11.24, पेरिस, नौवाँ...फ्रेंच...82 र्यू दे मोइने... जे.एक्स.एक्स. ड्रेंसी 13/8/42

(2) 19.6.42...पाँचवाँ...स्ट्रॉब्लिट्ज जेली...4.2.26, पेरिस, ग्यारहवाँ...फ्रेंच...48 र्यू मोलिएर...मोंतरिल...जे.ड्रेंसी 13/8/42

(3) 19.6.42...इजरीलोविज राका...19.7.1924, लोज, इंड, जे...26 र्यू (पता पूरा पढ़ा नहीं जा रहा)...जर्मन अधिकारी दल द्वारा दिनांक 19.7.42 को गिरफ़्तार किया गया।

(4) 19.6.42...नैकमनोविज मर्थ...23.3.25, पेरिस... फ्रेंच...258 र्यू मार्केव...जे.एक्स.एक्स ड्रेंसी 13/8/42

(5) 19.6.42...पाँचवाँ...पियेन योन...27.1.25, एल्जियर्स ...फ्रेंच...3 र्यू मर्सिल-सेम्बा...जे.एक्स.एक्स ड्रेंसी 13/8/42

पुलिस ने हर लड़की को एक रजिस्ट्रेशन नम्बर दे रखा था। डोरा का नम्बर 439 था। मैं 'पाँचवाँ' का कोई अर्थ नहीं निकाल पा रहा हूँ। 'जे' अक्षर का अर्थ है 'ज्यू' यानी यहूदी। हर प्रविष्टि में 13 अगस्त 1942 के बाद ड्रेंसी 13/8/42 को जोड़ा गया है। उस दिन तोरेल के शिविर में बन्द 300 यहूदी महिलाओं को ड्रेंसी के शिविर में स्थानान्तरित किया गया था।

उस गुरुवार, 19 जून को डोरा ब्रूडर तोरेल शिविर में पहुँची थी तो नाश्ते के बाद सभी महिलाओं को शिविर के चौक में जमा कर दिया गया। वहाँ तीन जर्मन अधिकारी मौजूद थे। अठारह से चालीस वर्ष की यहूदी महिलाओं को एक क़तार में खड़ा होने और मुँह दूसरी तरफ़ घुमाने के लिए कहा गया। एक जर्मन अधिकारी ने नामों की एक सूची बना रखी थी। इसी सूची के अनुसार बारी-बारी से पुकार कर कुछ महिलाओं को एक अलग क़तार में खड़ा कर दिया गया और बाक़ी को अपने कमरों में लौटने के लिए कहा गया। छाँटी गई छियासठ महिलाओं को एक विशाल और ख़ाली कमरे में बन्द कर दिया गया, जहाँ न बिस्तर थे और न बैठने का कोई प्रबन्ध। तीन दिन तक ये सभी महिलाएँ इसी तरह बन्द रहीं। दरवाज़े पर पुलिस का कड़ा पहरा था।

रविवार 22 जून को सुबह पाँच बजे बसें आ पहुँचीं और इन महिलाओं को ड्रेंसी के शिविर के लिए रवाना कर दिया गया। उसी दिन उन्हें एक ट्रेन से फ्रांस से डिपोर्ट कर दिया गया, जिसमें 900 पुरुषों का

एक विशाल जत्था भी मौजूद था। फ्रांस से डिपोर्ट किया जानेवाला यह पहला महिला जत्था था।

*

तोरेल की यहूदी बन्दियों के लिए यह घटना एक ऐसी भयानक सच्चाई बनकर रह गई होगी, जिसे वे कोई नाम न दे पा रही होंगी। और साथ ही भुलाने की कोशिश करती रही होंगी। इसी दमन-भरे वातावरण में डोरा ने तोरेल में अपने पहले तीन दिन गुजारे थे। रविवार की सुबह मुँहअँधेरे उसने भी अपनी अन्य बंदी साथिनों की तरह बन्द खिड़कियों के शीशों के उस पार छियासठ महिलाओं को बसों में ले जाए जाते देखा होगा।

18 जून को या शायद उससे अगली सुबह किसी डेस्क क्लर्क ने डोरा के तोरेल शिविर में स्थानान्तरण का वारंट बनाया होगा। यह वारंट क्लिन्याकूर्र पुलिस स्टेशन में बनाया गया था या यहूदी परोपकारी संस्था के दफ़्तर में? इस वारंट की कुछ प्रतिलिपियाँ भी बनाई गई होंगी, जिनमें से सही के निशानों और हस्ताक्षरों से भरी एक प्रतिलिपि पुलिस वैन के गार्डों को सौंपी गई होगी। जब उस क्लर्क ने इस वारंट पर हस्ताक्षर किए होंगे तो क्या उसने इसके परिणामों के बारे में ज़रा भी सोचा होगा? शायद उसके लिए यह एक रुटीन काम या एक खानापूरी भर रही हो। और फिर, आख़िरकार, लड़की को एक ऐसी जगह भेजा जा रहा था जो 'प्रिफेक्चर ऑफ़ पुलिस' की परिभाषा के अनुसार एक 'होस्टल' मात्र थी—'निगरानी सहित एक अल्पकालीन आवास'।

*

मैं रविवार 22 जून की सुबह पाँच बजे तोरेल शिविर से जानेवाली कुछ महिलाओं की पहचान करने में सफल रहा हूँ। हो सकता है उनमें से कुछ का गुरुवार को डोरा से भी आमना-सामना हुआ हो, जो उसी दिन शिविर में पहुँची थी।

क्लॉद ब्लॉश बत्तीस वर्ष की थी। उसे गेस्टापो हेडक्वार्टर की तरफ़ जाते हुए गिरफ़्तार कर लिया गया था। वह हेडक्वार्टर में अपने पति के बारे में पूछताछ करने गई थी, जो दिसम्बर 1941 से ही शिविर में बन्द था। डिपोर्ट किए जानेवाले जत्थे में से अब सिर्फ़ वही एक जीवित थी।

जोसेत डेलिमल इक्कीस वर्ष की थी। उसका और क्लॉद ब्लॉश का आमना-सामना 'डिपो' में हुआ था, जहाँ से उन दोनों को उसी दिन तोरेल शिविर के लिए रवाना कर दिया गया था। क्लॉद के शब्दों में, "युद्ध से पहले जोसेत ने बहुत बुरे दिन देखे थे और उसके अन्दर वह आंतरिक शक्ति पैदा नहीं हो पाई थी जो खुशियों-भरी यादों का परिणाम होती है। वह पूरी तरह से टूट गई थी। मैंने उसकी हिम्मत बढ़ाने की कोशिश की।...बाद में जब वे हमारे बिस्तर दिखाने हमें डोरमिट्री में लेकर गए तो मैंने उससे अलग होने से इनकार कर दिया। हम ऑशवित्ज़ तक साथ-साथ ही रहीं, जहाँ टाइफस के तेज़ बुख़ार ने उसकी जान ले ली।"

मेरे पास जोसेत के बारे में बस इतनी ही जानकारी है। काश मुझे थोड़ा ज़्यादा पता होता।

तामारा इसर्लिस। वह चौबीस वर्ष की थी। एक मेडिकल छात्रा। उसे क्लूनी मेट्रो स्टेशन पर गिरफ़्तार किया गया था, क्योंकि वह अपने 'स्टार'

के नीचे फ्रेंच झंडा छिपाए हुए थी। उसका पता 10 र्‌यू दि बुजेनवॉ दिया गया था, जो सें-क्लाउद में पड़ता था। वह एक अंडाकार चेहरे, हल्के भूरे बालों और काली आँखों वाली लड़की थी।

इदा लेविन। उनतीस वर्ष। अपने परिवार के नाम लिखे उसके कुछ पत्र अब भी मौजूद हैं। ये पत्र पहले डिपो से और फिर तोरेल शिविर से लिखे गए थे। अपना आख़िरी पत्र उसने ट्रेन की खिड़की से बार-ली-डक रेलवे स्टेशन पर फेंका था, जिसे एक रेलवे कर्मचारी ने डाक में डाल दिया। उसने लिखा था—"मैं यह पत्र किसी गुमनाम मंज़िल की तरफ़ जा रही ट्रेन में लिख रही हूँ। यह पूर्व की तरफ़ जा रही है। शायद हम कहीं बहुत दूर जा रहे हैं।..."

हेना। में उसे उसके पहले नाम से ही बुलाऊँगा। वह उन्नीस वर्ष की थी। उसकी गिरफ़्तारी का कारण चोरी थी, जो उसने अपने प्रेमी के साथ मिलकर की थी। दोनों ने एक घर में सेंध लगाकर लगभग डेढ़ लाख फ्रांक के गहने और नकदी चुरा लिए थे। शायद वह इन पैसों से फ्रांस से बहुत दूर किसी सुरक्षित जगह पर अपनी ज़िन्दगी बसर करना चाहती थी, जहाँ रोज़-रोज़ का दमन-चक्र और भय न हो। उसे एक मजिस्ट्रेट के पास ले जाकर सज़ा सुना दी गई। चूँकि वह एक यहूदी थी, इसलिए उसे किसी सामान्य जेल की बजाय तोरेल के शिविर में भेज दिया गया। उसकी चोरी की हरकत के साथ मैं एक तरह की सहानुभूति महसूस कर रहा हूँ। 1942 में मेरे पिता और उनके कुछ साथियों ने एवेन्यू दि ला ग्रांद आर्मी में स्थित कल-पुर्जों के एक स्टोर एस.के.एफ. वेयरहाउस को लूटा था। वे सारा सामान लॉरियों में भरकर एवेन्यू हॉशे स्थित अपने हेडक्वार्टर ले गए थे, जहाँ से वे

अपना ब्लैक-मार्केटिंग का धंधा चलाते थे। जर्मन डिक्रियों और विची क़ानूनों की नज़रों में वे पहले से ही अपराधी थे, कीड़े-मकोड़े, इसलिए उन्हें ज़िन्दा रहने के लिए क़ानूनों को तोड़ने में कोई झिझक महसूस नहीं होती थी। उल्टे, वे इसे बड़ी शान की बात समझते थे और गर्व महसूस करते थे। मैं उनकी इस भावना की प्रशंसा किए बिना नहीं रह पाता हूँ।

हेना के बारे में मेरी जानकारी लगभग न के बराबर है। वह पोलैंड के प्रूज़्कोव में 11 दिसम्बर, 1922 को पैदा हुई थी और पेरिस में 42 र्‌यू ओबेरकैम्प में रहती थी। इस चढ़ाई वाली गली में न जाने कितनी बार गया हूँ।

एनेटी ज़ेल्माँ। वह इक्कीस वर्ष की थी। ब्लांड बालों वाली। वह एक नवयुवक के साथ 58 बूलेवा दि स्ट्रासबर्ग में रहती थी। ज्याँ जॉसियों नामक वह नवयुवक एक मेडिकल प्रोफेसर का बेटा था। उसकी कुछ कविताएँ 'ले रेबरबेयर' नामक पत्रिका में छपी थीं, जो उसने युद्ध से पहले अपने कुछ मित्रों के साथ ख़ुद ही शुरू की थी।

ऐनिटी ज़ेल्माँ और ज्याँ जॉसियों 1942 में अकसर साथ देखे जाते थे। कैफे फ्लोर उनका प्रिय अड्डा था। कुछ समय तक वे फ्री-जोन में भी छिपे रहे। लेकिन फिर उन पर मुसीबतें टूट पड़ीं। गेस्टापो ऑफ़िसर के इस पत्र से सब कुछ साफ हो जाता है—

> 21 मई 1942...सन्दर्भ : यहूदियों और ग़ैर-यहूदियों के बीच विवाह
>
> मेरे पास यह जानकारी पहुँची है कि फ्रेंच नागरिक ज्याँ

जॉसियों (आर्य), उम्र 24 वर्ष, दर्शनशास्त्र का छात्र और एक यहूदी लड़की अना मेल्का ज़ेल्माँ, जन्म 6 अक्टूबर, 1921, नैन्सी, आपस में विवाह करने की योजना बना रहे हैं।

जॉसियों के माता-पिता इस विवाह के सख़्त ख़िलाफ़ हैं, लेकिन उन्हें रोक पाने में असमर्थ महसूस कर रहे हैं।

इसलिए, मैंने सावधानी बरतते हुए यहूदिन ज़ेल्माँ को गिरफ़्तार किए जाने और उसे तोरेल बैरकों वाले शिविर में भेजे जाने का आदेश दे दिया है।...

एक पुलिस फ़ाइल में एनिटी ज़ेल्माँ के बारे में यह जानकारी मौजूद है—

एनिटी ज़ेल्माँ, यहूदिन, जन्म : 6 अक्टूबर, 1921, नैन्सी, फ्रेंच : 23 मई 1942 को गिरफ़्तार...प्रिफेक्चर ऑफ़ पुलिस के डिपो में 23 मई से 10 जून तक बन्द...22 जून को जर्मनी में स्थानान्तरण। गिरफ़्तारी का कारण : एक आर्य युवक ज्याँ जॉसियों के साथ विवाह की योजना। डॉ. एच. जॉसियों के समझाने पर दोनों ने एक लिखित बयान देकर विवाह की योजना को रद्द कर दिया। डॉ. जॉसियों को आशा है कि वे इस बयान पर अमल करेंगे और ज़ेल्माँ बिना किसी डर के अपने परिवार के पास वापस लौट सकेगी।

लेकिन शायद इस डॉक्टर ने पुलिस पर कुछ ज़्यादा ही भरोसा कर लिया था, जिसने एनिटी ज़ेल्माँ को कभी भी उसके परिवार को नहीं लौटाया।

1944 में ज्याँ जॉसियों एक युद्ध संवाददाता के रूप में मोर्चे पर गया। 11 नवम्बर 1944 के एक अख़बार में मेरी नजर निम्नलिखित घोषणा पर पड़ी—

> लापता। हमारे साथी अख़बार 'ली फ्रांक-तिरेयर'* के प्रबन्धक अत्यंत आभारी होंगे अगर कोई सज्जन हमारे एक लापता संवाददाता के बारे में कोई जानकारी दे सके। नाम ज्याँ जॉसियों, जन्म 10 अगस्त, 1917, तोलोस; निवास-स्थान पेरिस, 21 र्‌यू थियोडोर दि-बानविले। वह 6 सितम्बर को अख़बार के लिए रिपोर्टिंग के लिए निकला था। उसके साथ एक युवा जोड़ा लेकोत, भूतपूर्व छापामार** भी था। ये सभी एक काली सिट्रोन कार में सवार थे। कार का रजिस्ट्रेशन नं. आर.एन. 6283 है और इसके पिछले शीशे पर 'फ्रांस तिरेयर' का एक सफ़ेद स्टिकर चिपका हुआ है।

मैंने सुना कि ज्याँ जॉसियों ने अपनी कार जर्मन फ़ौज के एक जत्थे में घुसेड़ दी थी। वह अपनी मशीनगन से उन पर गोलियाँ बरसाता

---

* प्रतिरोध आन्दोलन से जुड़ा एक भूमिगत अख़बार, जो अगस्त 1944 में पेरिस की मुक्ति के बाद खुलेआम छपने लगा।

** एक जर्मन-विरोधी सशस्त्र क्रान्ति दल, जो विश्वयुद्ध के दौरान फ्रांस में काफ़ी सक्रिय रहा।

रहा और आख़िर में ख़ुद भी मारा गया। शायद वह इसी तरह की मौत चाहता था।

उसके मरने के बाद, अगले वर्ष 1945 में, उसकी एक किताब छपी थी। जिसका नाम था : 'अन होमे मार्शे दांस ला वील'।

दो वर्ष पहले, सीन नदी के पास के एक बुक-स्टॉल पर मुझे एक पत्र मिला। यह लिखनेवाले का आख़िरी पत्र था और वह 22 जून को फ्रांस से भेजे जानेवाले जत्थे में शामिल था। वही जत्था जिसमें क्लॉद ब्लॉश, जोसेत डेलिमल, तामारा इसर्लिस, हेना और ज्याँ जॉसियों की प्रेयसी एनेटी ज़ेल्माँ इत्यादि शामिल थे।

यह पत्र दूसरी कई पुरानी पांडुलिपियों की तरह ही बेचे जाने के लिए रखा था। इसका मतलब होना चाहिए कि लिखनेवाला और उसके परिवार के सदस्य एक-एक करके इस दुनिया से जा चुके थे। एक वर्गाकार काग़ज़ के दोनों तरफ़ बेहद बारीक अक्षरों में लिखा गया यह पत्र ड्रेंसी शिविर से किसी रॉबेयर तार्ताकोव्स्की द्वारा भेजा गया था।

मुझे पता चला है कि वह ओडेसा में 24 नवम्बर, 1902 को पैदा हुआ था और युद्ध से पहले 'ला इलस्ट्रेशन' में कला-विषयों पर एक कॉलम लिखा करता था। आज, लगभग पचास वर्ष बाद, बुधबार 29 जून, 1997 को मैं इस पत्र को यहाँ प्रस्तुत कर रहा हूँ—

19 जून, 1942 शुक्रवार
मादाम तार्ताकोव्स्की
50 र्‌यू गोदफ्रोय-केवेन्याक, पेरिस XIe

कल मुझे जाने के लिए चुन लिया गया। मैं काफ़ी समय से इस घड़ी के लिए तैयार था। कैम्प में दहशत-सी है। बहुत-से लोग रो रहे हैं। वे बहुत डरे हुए हैं। मैं सिर्फ़ इस बात को लेकर परेशान हूँ कि जो कपड़े मैं माँगता रहा हूँ, अभी तक नहीं पहुँचे हैं। मैंने कपड़ों के पार्सल के लिए एक बाउचर भेज रखा है। क्या वे मुझे समय पर मिल जाएँगे? मैं नहीं चाहता कि मेरी माँ या तुममें से कोई भी मुझे लेकर चिन्तित हो।

मैं अपनी सेहत और सुरक्षा का पूरा-पूरा ध्यान रखूँगा। अगर मेरी तरफ़ से कोई ख़बर न मिले तो धीरज रखना। अगर ज़रूरी लगे तो रेडक्रॉस के पास चली जाना। बॉगीरार्ट मेट्रो के पास सें-लैम्बेयर पुलिस (टाउन हॉल XVe) से 3/5 को जब्त किए गए दस्तावेज़ वापस करने के लिए कहना। मेरे वॉलंटियर सर्टिफिकेट के बारे में भी पूछना—रेजिमेंटल नम्बर 10107। शायद यह शिविर में हो। पता नहीं वे इसे मुझे लौटाएँगे या नहीं। मादामज़ेल बिआनोविकी, 14 र्‌यू ड्रेगरी, पेरिस XIe के पास अल्बर्टाइन का बुत ले जाना। यह काम मेरी झोंपड़ी की एक साथिन के लिए करना है। वह तुम्हें इसके लिए 1200 फ्रांक देगी। पहले पत्र लिखकर पक्का कर लेना कि वह घर पर ही

मिले। ड्रेंसी के एक साथी बंदी एम. गोम्पेल ने मुझसे ले त्रॉई क्वारतेयर की प्रदर्शनी में अपनी कोई कलाकृति भेजने के लिए कहा है। अगर गैलरी पूरा संग्रह माँगे तो तीन मूर्तियाँ रख लेना। कह देना कि वे बिक गईं या प्रकाशक के लिए आरक्षित हैं। तुम चाहो तो अनुरोध के अनुसार दो अतिरिक्त मूर्तियाँ भी बना सकती हो। अपने आपको ज्यादा थकाना मत। मैं चाहता हूँ कि मार्था छुट्टियाँ मनाने जाए। ऐसा कभी न सोचना कि कोई ख़बर न मिलने का मतलब बुरी ख़बर है। अगर यह नोट तुम्हें समय पर मिल सका तो ज़्यादा से ज़्यादा फूड पैकेट भेजने की कोशिश करना। ज़्यादा पैकेट होने पर वे कड़ाई से वजन नहीं करते। काँच की कोई भी चीज़ नहीं भेजी जा सकती। छुरी, काँटा, रेजर ब्लेड, पेन वगैरह भेजने की भी मनाही है। सुई भी नहीं। पर मैं काम चला लूँगा। फ़ौजी बिस्कुट और बिना कटी ब्रेड अच्छे रहते हैं।

अपने एक रेग्युलर लैटर-कार्ड में मैंने अपने एक मित्र पर्सीमागी का जिक्र किया है। उसकी तरफ़ से स्वीडिश एम्बेसी में हो आना (आइरिन)। वह मुझसे भी ज़्यादा लम्बा है। उसके कपड़े तार-तार हो चुके हैं। (13 र्‌यू ग्रांद-चॉमिएर में गेतेनो से जाकर मिलो।) किसी अच्छे साबुन की एक-दो टिकिया, थोड़ा शेविंग-सोप, एक शेविंग-ब्रश, टूथब्रश, नेल-ब्रश वगैरह सभी चीजों की ज़रूरत है। मैं एक साथ सभी बातें सोच रहा हूँ—व्यावहारिक को दूसरी चीज़ों से मिलाते हुए। यहाँ से

लगभग एक हज़ार आदमियों के जाने की बात है। कैम्प में कुछ आर्य भी हैं। उन्हें भी यहूदी पहचान-चिह्न पहनने के लिए मजबूर किया जाता है। कल एस.एस. कैप्टन डौंकर कैम्प में आया था, सबको इधर-उधर दौड़ाते हुए। मैं सभी मित्रों को किसी तरह यहाँ से निकल भागने की सलाह देता हूँ क्योंकि यहाँ उम्मीद की कोई किरण नहीं बची है। हमारी रवानगी से पहले हमें कोम्पेन भी भेजा जा सकता है। पक्का भरोसा नहीं है। मैं अपनी लाँड्री वापस नहीं भिजवाऊँगा। सब यहीं से करूँगा। यहाँ के ज़्यादातर लोगों की बुजदिली पर मुझे बड़ी कोफ़्त होती है। सोचता हूँ वहाँ जाने पर इसका जाने क्या-क्या असर पड़े।

अगर हो सके तो मादामज़ेल दि साज़माँ के पास हो आना। कुछ ख़ास काम नहीं है, सिर्फ़ थोड़ी जानकारी मिल सकती है। शायद मुझे उस व्यक्ति से मिलने का मौक़ा मिल सके जिसे जैकलिन रिहा करवाना चाहती है। माँ से कहना कि बहुत सावधानी बरते। लोगों को रोज़ ही पकड़ा जा रहा है। यहाँ कुछ 17-18 की उम्र के हैं तो कुछ 70-72 के। सोमवार तक तुम मुझे जब चाहो पैकेट भिजवा सकती हो। यह सच नहीं है कि वे अब पुराने पतों पर पैकेट नहीं ले रहे हैं। कोई मना करे तो र्‍यू दि ला बीनफसां में यू.जी.आई.एफ. को टेलीफ़ोन करो। अपने पिछले पत्रों में मैं तुम्हें किसी चिन्ता में डालना नहीं चाहता था। मैं सिर्फ़ हैरान हो रहा था कि कपड़े क्यों नहीं

पहुँचे, जो इस लम्बी यात्रा के लिए ज़रूरी हैं। मैं अपनी घड़ी वापस भिजवा दूँगा, मार्था के लिए, और शायद अपना पेन भी। मैं इन्हें 'बी' को सौंप दूँगा। पैकेटों में जल्दी ख़राब होनेवाला सामान न रखना, क्योंकि हो सकता है ये मुझ तक सीधे न पहुँचें। इनमें पत्रों के बिना फ़ोटोग्राफ़ या अंडरवियर वगैरह भी रखे जा सकते हैं। मैं शायद अपनी कला पुस्तकें वापस भेजने की भी कोशिश करूँगा, जिनके लिए तुम्हारा बहुत-बहुत धन्यवाद। इसमें कोई शक नहीं है कि मेरी सर्दियाँ वहीं गुज़रेंगी। लेकिन तुम चिन्तित न होना। मैं पूरी तरह से तैयार हूँ। मेरे कार्डों को वापस पढ़ लेना। तुम्हें पता चल जाएगा कि मुझे कौन-सी चीज़ें चाहिए, जो शायद अब मुझे याद न आ रही हों। सिलाई की ऊन। स्कार्फ। स्टेरोजिल 15। माँ का मेटल-बॉक्स। मुझे सबसे ज़्यादा परेशान यह बात कर रही है कि डिपोर्ट किए जानेवाले सभी लोगों को सर मुँडवाना पड़ता है, जो पहचान-चिह्न से भी ज़्यादा नज़र आनेवाली चीज़ है। अगर मुझे रोक लिया गया तो मैं इसी तरह तुम्हें अपनी ख़बर भिजवाता रहूँगा—सॉल्वेशन आर्मी के जरिए। आइरिन को सावधान कर देना।

शनिवार, 20 जून, 1942—मेरे प्यारे परिजनो, कल बक्सा पहुँच गया है। हर चीज़ के लिए बहुत-बहुत धन्यवाद। मुझे पक्का तो नहीं पता है, लेकिन लगता है हमारी रवानगी की तारीख़ थोड़ा पहले कर दी गई है। मुझे आज सर मुँडवाना होगा। शायद आज रात से ही हम सभी को एक ख़ास कमरे में क़ैद

कर दिया जाएगा और हमारे शौचालय जाने पर भी कड़ा पहरा होगा। पूरे कैम्प में एक डरावना-सा सन्नाटा छाया हुआ है। मुझे शक है कि हमें कोम्पेन होते हुए ले जाया जाएगा। यात्रा के लिए सभी को तीन दिन का राशन दिया जाएगा। मुझे डर है कि और पैकेट पहुँचने से पहले ही मैं यहाँ से जा चुका हूँगा। पर चिन्ता न करो। पिछले वाला काफ़ी बड़ा पैकेट था। मैंने सभी चॉकलेटों, जैम और सॉस के डिब्बों को ख़ूब सँभालकर रख लिया है। धीरज रखना, मैं तुम्हें याद करता रहूँगा। मैं मार्था को 28/7 को पेत्रूश्का की रिकॉर्डिंग का पूरा सेट भेंट करना चाहता था। मैं 'बी' से मिला था। कल रात। उसे हर बात के लिए शुक्रिया कहने के लिए। उसे पता है कि मैं यहाँ सभी महत्त्वपूर्ण लोगों से लेरो की मूर्तियों का बचाव करता रहा हूँ। सभी नए चित्र देखकर बहुत अच्छा लगा, हालाँकि, मैं उन्हें 'बी' को नहीं दिखा पाया। मैंने उसे इनमें से कोई चित्र न दे पाने के लिए क्षमा ज़रूर माँग ली है। उसने कहा कि वह तुमसे माँग लेगा। मुझे अपनी मूर्तियाँ अधूरी रह जाने का दुख सालता रहता है, लेकिन इसका भी समय आएगा। अगर मैं जल्दी ही लौट आया। मुझे लेरो का काम बेहद पसन्द है। मैं अपने सीमित साधनों से इन्हें दुनिया के सामने लाना चाहूँगा। मैं रह-रहकर इन्हीं के बारे में सोचता रहता हूँ, हालाँकि हमारी रवानगी में शायद कुछ ही घंटे बाक़ी हैं।

मेरी माँ का पूरा-पूरा ख़याल रखना, पर इसका यह मतलब

नहीं है कि तुम अपना ध्यान न रखो। आइरिन से कहना कि मेरी माँ की पड़ोसन होने के नाते मैं उससे भी यही उम्मीद करता हूँ। डॉ. आन्द्रे अबदी को टेलीफ़ोन करने की कोशिश करना (अगर वह अब भी पेरिस में हैं)। उनसे कहना कि मैं उस व्यक्ति से 1 मई को मिला था जिसका पता उन्होंने दिया है। उसे 3 मई को गिरफ़्तार कर लिया गया। (क्या यह सिर्फ़ संयोग मात्र था?) यह उलझा हुआ पत्र शायद तुम्हें हैरान कर दे, पर तुम्हें नहीं पता यहाँ कितना दमघोंटू माहौल है। सुबह के छह बजे हैं। मैं वह सब वापस भिजवा रहा हूँ जो मैं साथ नहीं ले जा रहा। ज़्यादा सामान ले जाते हुए मुझे डर लग रहा है। तलाशी लेनेवाले जगह न होने पर कोई भी बक्सा बाहर फेंक सकते हैं। सब कुछ उनके मूड पर निर्भर करता है। (यहूदी मामलों की पुलिस के ये लोग या तो चापलूस होते हैं या फिर लुटेरे।) मैं अपने सामान को कम करने की कोशिश करूँगा। मेरी तरफ़ से ख़बर मिलनी बन्द हो जाए तो डर न जाना। धीरज रखना और शान्त मन और पूरे विश्वास के साथ मेरा इन्तज़ार करना। मुझ पर भरोसा रखना। माँ से कहना कि मैं इससे भी दूर भेज दिए जाने के दृश्य देख चुका हूँ (जैसाकि मैंने तुम्हें बताया था)—इसलिए यह यात्रा मुझे कोई ख़ास ख़तरनाक नहीं लग रही।

मुझे अफ़सोस है तो सिर्फ़ इस बात का कि मेरे पास मेरा पेन नहीं रहेगा, न ही कोई काग़ज़। (मेरे मन में एक अटपटा-सा

ख़याल आ रहा है कि चाकू-छुरी की मनाही है और मेरे पास कोई छोटी-सी चाबी भी नहीं है। मैं जैम और सॉस के डिब्बे कैसे खोलूँगा?) मैं यहाँ कोई बहादुरी दिखाने की कोशिश नहीं करता। ऐसे माहौल में ऐसा सोचना भी ठीक नहीं। वे बहुत-से बीमार और कमज़ोर लोगों को भी डिपोर्टेशन के लिए उठा ले गए हैं। मुझे आर-डी का भी ख़याल आता रहता है। उम्मीद है वह सही-सलामत होगा। मैंने बहुत-सी चीज़ें जाक दोमल के पास छोड़ दी हैं। किताबें भी घर में ही रहें तो अच्छा है। यात्रा के दौरान पता नहीं कैसा मौसम होगा। यह ध्यान रखना कि माँ को उसकी सहायता राशि मिलती रहे। यू.जी.आई.एफ. को मदद के लिए कहना। उम्मीद है जाकलिन के साथ तुमहारा झगड़ा ख़त्म हो चुका होगा। वह थोड़ी अजीब लड़की है लेकिन दिल की अच्छी है। (आसमान साफ हो रहा है—उम्मीद है आज का दिन ख़ुशनुमा रहेगा।) पता नहीं तुम्हें मेरा सामान्य कार्ड मिला या नहीं—या मेरे जाने से पहले तुम्हारा जवाब मुझ तक पहुँच पाएगा या नहीं। मैं माँ के बारे में और तुम्हारे बारे में सोचता रहता हूँ। और उन सभी प्यारे दोस्तों के बारे में जिन्होंने मेरी आज़ादी बचाए रखने के लिए क्या कुछ नहीं किया। सर्दियों का पूरा मौसम सही-सलामत निकल जाने के लिए मैं उन सबका हार्दिक धन्यवाद करता हूँ। मैं इस पत्र को अधूरा ही छोड़ रहा हूँ। सामान पैक करने का समय आ गया है। मैं जल्दी ही लौटूँगा। अगर नहीं आ पाया तो एक छोटा-सा नोट—पेन और घड़ी मार्था के लिए है, माँ जो भी कहे। मैं

तुम्हें 'गुडबाय किस' भेज रहा हूँ, डियरेस्ट मैमन—और तुम सभी को भी, मेरे प्यारे घरवालो! हिम्मत से काम लेना। सुबह के सात बज रहे हैं। जल्दी ही लौटूँगा।

अप्रैल 1996 में मैंने दो रविवार पेरिस के पूर्वी ज़िलों में गुज़ारे। मैं हॉली हार्ट ऑफ़ मैरी और तोरेल के आसपास डोरा ब्रूडर के चिह्न ढूँढ़ने की कोशिश कर रहा था। मुझे इसके लिए रविवार सबसे सही दिन लगा, क्योंकि इस दिन शहर लगभग सुनसान और थमा-थमा-सा होता है।

हॉली हार्ट ऑफ़ मैरी का अब कुछ भी नहीं बचा है। र्‍यू दि ला गेरे-दि-रुइली और र्‍यू दि पीक्प्यूस के कोने पर अब एक आधुनिक अपार्टमेंट ब्लॉक स्थित है। कॉन्वेंट की पुरानी छायादार दीवार की जगह अब कुछ थोड़े-से बचे-खुचे ढाँचे दिखाई देते हैं, जो र्‍यू दि ला गेरे-दि-रुइली का आख़िरी हिस्सा है। इसके सामने और थोड़ा आगे के क्षेत्र में कोई बदलाव नहीं आया है।

अपने आपको यह यक़ीन दिलाना मुश्किल है कि जुलाई 1942 की एक सुबह—जिन दिनों डोरा तोरेल शिविर में बन्द थी—पुलिस यहाँ की 48वीं बिल्डिंग में छिपे नौ बच्चों और किशोरों को गिरफ़्तार करने पहुँची थी। हल्के रंग की ईंटों से बनी इस पाँच मंज़िला इमारत की

खिड़कियाँ हॉली हार्ट ऑफ़ मैरी के उद्यान के बिलकुल सामने पड़ती थीं। हर मंज़िल पर दोनों तरफ़ दो बड़ी-बड़ी और इनके बीचोंबीच दो छोटी-छोटी खिड़कियाँ हैं। बगल की इमारत नं. 40 का रंग भूरा सा है, जिसमें एक छोटी दीवार में लोहे का एक फाटक है। इसके सामने कुछ पुराने छोटे-छोटे घर हैं, जो कभी कॉन्वेंट की दीवार से जुड़ते थे। इन घरों में कोई बदलाव नहीं आया है। र्‌यू दि पीक्प्यूस पहुँचने से ज़रा-सा पहले नम्बर 54 पर एक कैफ़े हुआ करता था, जिसे मादामज़ेल लेंज़ी नाम की एक महिला चलाती थी।

अचानक ही, मैं पूरे यक़ीन के साथ ऐसा महसूस करने लगा कि भागने की रात डोरा ने र्‌यू दि ला गेरे-दि-रुइली वाले रास्ते का ही प्रयोग किया होगा। मैं मन-ही-मन कल्पना करने लगा कि वह कॉन्वेंट की दीवार से चिपकी हुई है। शायद सड़क का नाम मेट्रो स्टेशन के नाम पर होने से भागने की भावना जोर पकड़ने लगी होगी।

मैं आसपास के क्षेत्र में टहलता रहा। मुझे रह-रहकर उन उदास रविवारों का ख़याल आ रहा था जब उसे कॉन्वेंट में लौटना होता था। मुझे पूरा यक़ीन था कि वह नेशन स्टेशन पर मेट्रो से उतरी होगी। कॉन्वेंट के गेट में घुसने और अहाते को पार करने के ख़याल से ही उसे दहशत हो रही होगी। वह उस क्षण को ज़्यादा से ज़्यादा देर तक टालना चाहती रही होगी और इधर-उधर सड़कों-गलियों में भटकती रही होगी। अँधेरा घिरने लगा था। घने पेड़ों से घिरा एवेन्यू दि सें-मांद बिलकुल शान्त था। मुझे याद नहीं आ रहा कि वहाँ आसपास कोई खुला मैदान है या नहीं। हाँ, थोड़ा आगे जाकर पुराने पीक्प्यूस मेट्रो स्टेशन की तरफ़ जानेवाला रास्ता है। क्या उसने यही रास्ता चुना होगा? एवेन्यू दि सें-मांद की तुलना में

एवेन्यू पीक्प्यूस वीरान और सुनसान दिखाई देता है। जहाँ तक मुझे याद है, वहाँ पेड़ों की क़तारें भी नहीं हैं। रविवार की शामों को लौटना कितने अकेलेपन का अहसास देता होगा।

*

बूलेवा मोर्तियर के दक्षिण में कुछ दूर तक उतराई वाला क्षेत्र है। 28 अप्रैल 1996 के उस रविवार मैंने यह रास्ता लिया : र्‌यू द आर्काइव्स, र्‌यू दि ब्रेतन और र्‌यू-द-फिल-दु केल्वेयर। इसके बाद र्‌यू ऑबेरकैम्प का चढ़ाई वाला क्षेत्र शुरू हो जाता है, जहाँ हेना रहा करती थी।

इसके दाईं तरफ़ ख़ूबसूरत पेड़ों की क़तारों से घिरा र्‌यू दे पिरेन है। और फिर र्‌यू दि मेनीमोंता नं. 40 का अपार्टमेंट ब्लॉक, दोपहर में सुनसान दिखता हुआ। र्‌यू सें-फार्जो के अन्त में तो इतना सन्नाटा था मानो मैं किसी ख़ाली हो चुके गाँव में पहुँच गया होऊँ।

बूलेवा मोर्तियर में भी पेड़ों की क़तारें हैं और इसके दूसरे सिरे पर पोर्ते द बिला से ज़रा-सा पहले तोरेल शिविर के पुराने बैरक हैं।

उस रविवार यह इतना शान्त दिखाई दे रहा था कि मैं पत्तों की सरसराहट तक सुन पा रहा था। पुरानी बैरकों के आसपास ऊँची दीवार होने के कारण भीतर की इमारत दिखाई नहीं पड़ रही थी। मैं दीवार के साथ-साथ चलता रहा और फिर एक सूचना-पट्ट को देखकर ठिठक गया—

'मिलिट्री ज़ोन'—फ़िल्म बनाना या चित्र खींचना मना है

मैंने मन-ही-मन अपने-आपसे कहा—अब किसी को कुछ भी याद नहीं है। दीवार के उस पार एक 'नो मैन्स लैंड' था—एक ख़ाली हो चुकी और भुला दी गई दुनिया। तोरेल की बैरकों के ब्लॉक को र्‌यू दि पीक्प्यूस के कॉन्वेंट की तरह गिराया नहीं गया है। ऐसा हो जाता तो अच्छा ही था।

फिर भी, विस्मृति की यह परत गाहे-बगाहे थोड़ी उघड़ जाती है और एक गुज़रे हुए दौर की हल्की-सी प्रतिध्वनि सुनाई पड़ती है—कहीं दूर, बहुत दूर से उठती हुई एक दबी-दबी-सी गूँज की तरह। यह गूँज किस चीज़ की है यह कह पाना नामुमकिन है। मानो कोई किसी चुंबकीय क्षेत्र में हो और उसके पास इसके प्रभाव को आँकने का कोई यंत्र या पेंड्युलम न हो। सूचना-पट्ट के पीछे सन्देह और अपराध-बोध की भावना झलकती हुई प्रतीत होती है—'मिलिट्री ज़ोन—फ़िल्म बनाना या चित्र खींचना मना है'।

जब मैं बीस वर्ष का था तो पेरिस के एक दूसरे हिस्से में मुझे वैसे ही ख़ालीपन का कचोटता हुआ अहसास हुआ था जैसा तोरेल की दीवार से सामना होने पर हुआ। तब भी मैं इसका कारण नहीं जान पाया था।

मेरी एक गर्लफ्रेंड थी जो कभी यहाँ तो कभी वहाँ किसी उधार के फ़्लैट या कॉटेज में थोड़े-थोड़े दिन रहा करती थी। मैं इसका फ़ायदा उठाते हुए इन घरों की लाइब्रेरियों से कला-पुस्तकें और संग्रहणीय अंक चुरा लेता था और बाद में इन्हें बेच देता था। एक दिन जब हम र्‌यू दु रेगार्द के एक फ़्लैट में अकेले थे तो मैंने एक पुराना म्यूज़िक-बॉक्स चुराया। साथ ही अलमारी में से बहुत-से क़ीमती सूट, कुछ क़मीज़ें और हाथ से बने जूतों के लगभग दस जोड़े निकाल लिए। इसके बाद मैंने एक ट्रेड डायरेक्ट्री से पता लगाया कि ये चीज़ें मैं किस दुकानदार को बेच सकता हूँ। मुझे र्‌यू द जार्दिन-सें-पॉल में पुराना सामान ख़रीदनेवाली एक दुकान का पता मिल गया।

यह गली सीन नदी और क्यूई द सेलेस्तिन के दाईं तरफ़ पड़ती है और वहाँ पर र्‌यू दे चार्लमाग्ने को काटती है, जहाँ मैं एक वर्ष पहले तक अपनी डिग्री लेने के लिए मगजपच्ची करता रहा था। र्‌यू दि चार्लमाग्ने से ज़रा-सा पहले और लगभग आख़िरी भवनों में एक जंगखाया लोहे का परदा था, जो आधा उठा हुआ था। मैंने धक्का दिया तो अन्दर वह कबाड़ की दुकान थी। वहाँ हर तरफ़ फर्नीचर, कपड़ों, लोहे के सामान और मोटरों के कल-पुर्जों के ऊँचे-ऊँचे ढेर दिखाई दे रहे थे। दुकानदार चालीस-पैंतालीस वर्ष का एक मिलनसार व्यक्ति था। उसने कुछ ही दिनों में मेरे घर पर आने और 'सामान' ले जाने का वायदा किया।

उससे विदा लेने के बाद मैं धीरे-धीरे टहलता हुआ और र्‌यू द जार्दिन-सें-पॉल के पूरे रास्ते को पार करता हुआ सीन नदी की तरफ़ चल पड़ा। इस गली के बाएँ हाथ के सभी भवन हाल ही में गिरा दिए गए थे, और उनके पीछे के भी। अब उनकी जगह सिर्फ़ एक वीरान खँडहर-सा दिखाई दे रहा था जो आधी टूटी दीवारों से घिरा था। आकाश की तरफ़ खुली इन टूटी-फूटी दीवारों से यह अन्दाजा लगाया जा सकता था कि यहाँ कभी शयनकक्ष रहा होगा, यहाँ अलमारी और यहाँ रसोई। ऐसा लगता था जैसे इस क्षेत्र में कोई बम गिरा हो और सब कुछ ध्वस्त हो गया हो। सड़क के मुहाने पर दिखाई देती सीन नदी ख़ालीपन और वीराने की इस कचोटती हुई भावना को और गहरा रही थी।

*

अगले रविवार को वह कबाड़ी मेरी गर्लफ्रेंड के पिता के घर पर आया, जहाँ मैंने उसे बुला रखा था। यह घर पोर्ते दि जेंतिली के पास बूलेवा केलरमां पर पड़ता था। मैंने उसे यहीं 'सामान' सौंपने का फ़ैसला किया था। उसने म्यूजिक बॉक्स, सूट, क़मीज़ें और जूते अपनी वैन में लाद लिए और मेरे हाथ में 700 पुराने फ्रांक पकड़ा दिए।

उसने मुझे साथ-साथ जलपान करने का न्यौता दिया तो मैं उसके साथ ही चल पड़ा। वैन चार्लटी स्टेडियम के सामने पड़नेवाले दो रेस्तराँओं में से एक के सामने जा रुकी।

उसने मुझसे पूछा कि मैं गुजर-बसर के लिए क्या करता हूँ। मेरी समझ में नहीं आया कि क्या जवाब दूँ। आख़िर मैंने कहा कि मैंने पढ़ाई पूरी नहीं की और अभी-अभी स्कूल छोड़ा है। इसके बाद मैंने भी कुछ सवाल किए। उसने बताया कि वह कबाड़ी की दुकान उसके कज़िन की थी, जो उसका पार्टनर भी था। उसकी अपनी दुकान पोर्ते दि क्लिन्याकूर्र में कबाड़ी बाजार में थी। बातों-बातों में यह भी पता चला कि वह पेरिस में बसे एक पोलिश यहूदी परिवार से था।

मैंने विश्वयुद्ध और जर्मन क़ब्ज़े के दिनों की बात छेड़ दी। उसने बताया कि वह तब अठारह वर्ष का था। उसे शनिवार का वह दिन याद था जब पुलिस ने कबाड़ी बाज़ारों की घेराबन्दी करके छापा मारा था और कितने ही यहूदियों को गिरफ़्तार कर लिया था। यह एक चमत्कार ही था कि वह उस छापे में बच निकला। उसे सबसे ज़्यादा हैरानी यह देखकर हुई थी कि उन पुलिस इंस्पेक्टरों में एक महिला भी थी।

मैंने बूलेवा नेय के अपार्टमेंट्स से थोड़ा आगे उस उजाड़-सी बस्ती का ज़िक्र किया जिसे मैं अपनी माँ के साथ कबाड़ी बाज़ारों में जाते हुए

देखा करता था। उसने बताया कि वह नज़दीक ही अपने परिवार के साथ रहा करता था—र्‌यू एलिजाबेथ रोलाँ में। मैंने यह नाम एक काग़ज़ पर नोट किया तो वह हैरानी से मेरी तरफ़ देखने लगा। उस क्षेत्र को 'प्लेन' के नाम से जाना जाता था। युद्ध के बाद उसे पूरी तरह ढा दिया गया था और अब वहाँ एक खेल का मैदान था।

उससे बात करते हुए मुझे अपने पिता की याद आती रही, जिनसे मैं वर्षों से नहीं मिला था। जब वे लगभग मेरी उम्र के यानी उन्नीस वर्ष के थे तो पेरिस के यहूदी इलाक़ों में जाने कैसे-कैसे गोरखधंधे करके गुज़ारा किया करते थे। इनमें पेट्रोल के कनस्तर स्मग्ल करके गैराज मालिकों को बेचने का काम भी शामिल था। शराब और इसी तरह बहुत-सा दूसरा सामान भी। बिना उत्पाद शुल्क अदा किए।

हमने एक-दूसरे से विदा ली तो कबाड़ी ने बड़े प्यार से मुझसे कहा कि अगर कोई और सामान हो तो मैं बेझिझक उसकी दुकान पर चला आऊँ। उसने मुझे एक सौ फ्रांक और दिए। शायद मेरी मासूमियत और सादगी उसके दिल को छू गई थी।

मैं उसका चेहरा भूल गया हूँ। उसके नाम के सिवा मुझे कुछ भी याद नहीं है। शायद कभी पोर्त दि क्लिन्याकूर्र या प्लेन डिस्ट्रिक्ट में डोरा ब्रूडर से भी उसका आमना-सामना हुआ हो। वे लगभग एक ही उम्र के थे और एक ही इलाक़े में रहते थे। हो सकता है कि उसके भागने के दिनों के बारे में वह सबकुछ जानता हो। ऐसे कितने ही संयोग होते हैं जिनका हम चाहकर भी लाभ नहीं उठा पाते।

मैं यही सब सोचते हुए इस पतझड़ में र्‌यू द जार्दिन-सें-पॉल के इलाक़े में गया था। अब वहाँ किसी कबाड़ी की दुकान का दूर-दूर तक

कोई नामो-निशान न था। आसपास की बिल्डिंगें भी तोड़कर फिर से बन गई थीं। एक बार फिर मुझे उसी ख़ालीपन का कचोटता हुआ अहसास हुआ। इस बार मेरी समझ में भी आ गया कि क्यों।

युद्ध के बाद इलाक़े की अधिकांश बिल्डिंगें सरकारी योजना के अनुसार एक-एक करके गिरा दी गई थीं। इसी तोड़-फोड़ की योजना को ध्यान में रखते हुए इस पूरे इलाक़े को एक नाम और नम्बर दे दिया गया था—ब्लॉक 16। मुझे कुछ चित्र मिले। एक चित्र में र्‌यू दे जार्दिन-सें-पॉल सड़क के बाईं तरफ़ वाले मकान सही-सलामत दिखाई दे रहे हैं तो दूसरे में सेंट-ग्रेविस चर्च के बगल और होटल डि सेंस के चारों तरफ आधी टूटी हुई बिल्डिंगें नजर आ रही हैं। एक और चित्र में सीन नदी के किनारे-किनारे एक ख़ाली मैदान है और दो बेकार फुटपाथों के बीच लोग पैदल चलते दिख रहे हैं। यही हाल सीन नदी के आसपास के बहुत-से इलाक़ों का है। इस योजनाबद्ध तोड़फोड़ के बाद पूरे इलाक़े के मकान फिर से बनते चले गए और पुरानी गलियों का नक़्शा ही बदल गया।

अब घरों के आगे के हिस्से आयताकार हैं तो खिड़कियाँ वर्गाकार। सीमेंट का रंग एम्नेशिया जैसा है। गली के खम्भों की रोशनी ठंडी मालूम देती है। कहीं-कहीं सजावट के रूप में कुछ नकली फूल, एक-आध बेंच या चौक और कुछ पेड़ दिखाई देते हैं। यहाँ तोरेल की बैरकों की तरह कोई सूचना-पट्ट नहीं लगाया गया है—'फिल्म बनाना या चित्र खींचना मना है'। इसकी बजाय सब कुछ जैसे एक आवरण में ढँक दिया गया है, किसी स्विस गाँव की तरह। अब कोई भी इसकी तटस्थता पर उँगली नहीं उठा सकता।

तीस वर्ष पहले इसी र्‍यू द जार्दिन-सें-पॉल के टूटे हुए घरों में मैंने जो वॉलपेपरों की उघड़ी हुई परतें देखी थीं, वे इन घरों में बसनेवालों का अवशेष थीं—डोरा की उम्र के उन बढ़ती उम्र के बच्चों का जो इन कमरों में रहा और सोया करते थे—जब तक कि 1942 में पुलिस उन्हें पकड़ने नहीं आ गई। उनके नामों की सूची हमेशा इन गलियों से जुड़ी रही है। लेकिन अब इन गलियों के नाम और नम्बर कुछ भी कहते नहीं लगते।

जब मैं सत्रह वर्ष का था तो तोरेल का अर्थ मेरे लिए सिर्फ़ एक नाम भर था। यह नाम मैंने ज्याँ ज़ेने की किताब 'मिरेकल दि ला रोज़' के बैक-कवर पर पढ़ा था। वहाँ उन जगहों के नाम दिए गए थे जहाँ यह किताब लिखी गई थी—ला सांते, तोरेल जेल, 1943। तोरेल से डोरा ब्रूडर की रवानगी के कुछ ही दिन बाद उन्हें एक आम अपराधी के रूप में वहाँ रखा गया था। हो सकता है उनके रास्ते एक-दूसरे से टकराए भी हों। 'मिरेकल दि ला रोज़' में मेत्रे की दंड-व्यवस्था का तो जगह-जगह वर्णन है ही—जो उसी तरह का एक सुधार-गृह थी जहाँ डोरा ब्रूडर को भेजने की बात थी—साथ ही, जैसाकि मुझे अब अहसास हो रहा है, इसमें ला सांते और तोरेल की यादों का भी काफ़ी जिक्र है।

इस किताब के कुछ वाक्य मुझे रटे हुए हैं। खासकर यह वाक्य तो भुलाए नहीं भूलता—"उस बच्चे ने मुझे यह सिखाया कि पेरिस की बोल-चाल की भाषा की असली जड़ें इसकी उदास कोमलता में छिपी हुई हैं।" यह वाक्य मेरे लिए डोरा ब्रूडर का प्रतीक बन गया है और मुझे ऐसा

महसूस होता है जैसे मैं उसे अच्छी तरह से जानता हूँ। पोलिश, रूसी या रोमानियाई नाम वाले ये बच्चे—जिन्हें पीला स्टार पहनने के लिए मजबूर किया गया था—उतने ही पेरिसवासी थे जितना कि कोई दूसरा। वे शहर की हर बस्ती, हर आँगन, हर फुटपाथ और भूरे रंग की अनन्त छवियों में इस तरह घुले-मिले थे कि उन्हें पेरिस से अलग करके नहीं देखा जा सकता था। उन सब में भी उदासी भरी वही कोमलता थी जो पेरिस की अपनी विशिष्ट छाप है। डोरा ब्रूडर की तरह वे सब भी पेरिस की वही बोली बोलते थे, उसी ख़ास लहजे में बात करते थे जिसका जिक्र ज्याँ ज़ेने ने किया है।

*

जिन दिनों डोरा ब्रूडर तोरेल शिविर में बन्दी थी तब वहाँ कुछ ऐसे नियम भी थे जो बन्दियों को थोड़ी-बहुत छूट देते थे। उदाहरण के लिए आप घर से कोई पार्सल मँगवा सकते थे और गुरुवार और रविवार को आपके सम्बन्धी आपसे मिलने आ सकते थे। मंगलवार को 'मास' में शामिल होने की छूट भी थी। हर सुबह आठ बजे पहरेदार सभी की हाजिरी लेते थे। बन्दियों को अपने बिस्तर के पास सावधान मुद्रा में खड़े रहना पड़ता था। दोपहर के भोजन में सिर्फ़ पत्तागोभी होती थी। बैरक-चौक में व्यायाम का पीरियड होता था। शाम को छह बजे भोजन के बाद एक बार फिर हाजिरी ली जाती थी। पखवाड़े में एक बार पहरेदार की निगरानी में नहाने के लिए ले जाया जाता था। एक साथ दो व्यक्ति नहाते थे। सीटी बजती थी और आपको अपनी बारी का इन्तज़ार करना

पड़ता था। सम्बन्धियों से मुलाक़ात के लिए आपको जेल के डायरेक्टर को एक पत्र लिखना पड़ता था। आपको यह भी पता नहीं होता था कि अनुमति मिलेगी या नहीं।

सम्बन्धियों से मुलाक़ात दोपहर के भोजन के बाद करवाई जाती थी। पहरेदार मिलनेवालों के सामान की तलाशी लेते थे। पार्सल भी खोलकर देखे जाते थे। कई बार बिना किसी कारण के घंटा-भर पहले ही मुलाक़ात रद्द कर दी जाती थी।

तोरेल में डोरा की साथिनों में वे महिलाएँ भी शामिल रही होंगी जिन्हें जर्मन सैनिक 'यहूदियों की दोस्त' के नाम से जानते थे। ऐसी लगभग दस महिलाएँ थीं। वे सभी आर्य थीं। सभी फ्रेंच। उनका अपराध यह था कि उन्होंने जून में यहूदियों को पीला 'स्टार' पहनने के लिए मजबूर किए जाने के बाद ख़ुद भी ऐसा ही एक दिखावटी पीला 'स्टार' पहनना शुरू कर दिया था। वे जर्मनों को यह दिखाना चाहती थीं कि वे यहूदियों के साथ हैं। यह दिखावटी 'स्टार' पहनने के उनके अपने तरीक़े थे। किसी ने इसे अपने कुत्ते के पट्टे में टाँग दिया था तो किसी ने कढ़ाई करके इसके ऊपर PAPOU* लिख दिया था। किसी ने ग्रेनी लिख दिया था। एक ने अपनी बेल्ट पर आठ स्टार लगाए जिन पर लिखे अक्षर 'Victoire' बनाते थे यानि 'विक्टरी'। इन सभी को सड़कों-गलियों में पकड़कर पुलिस स्टेशन ले जाया गया था। वहाँ से 'डिपो' यानी पुलिस हेडक्वार्टर में और फिर तोरेल शिविर में। 13 अगस्त को इन सभी को ड्रेंसी के शिविर में स्थानान्तरित कर दिया गया। 'यहूदियों

---

* पापुआ न्यूगिनी का निवासी

की दोस्त' कही जानेवाली ये महिलाएँ पेरिस के आम नागरिकों में से थीं—टाइपिस्ट; न्यूज-एजेंट, अख़बार विक्रेता, क्लीनर, पोस्ट ऑफ़िस क्लर्क, छात्र आदि।

*

अगस्त में अन्धाधुन्ध गिरफ़्तारियाँ हुईं। अब महिलाओं को 'डिपो' में ले जाने की बजाय सीधे ही तोरेल शिविर भेजा जाने लगा। बीस बन्दियों के रहने के लिए बनी डोरमिट्रियों में अब चालीस-पचास को ठूँसा जाने लगा। इस भीड़भाड़ से माहौल और भी दमघोंटू हो गया। अनिश्चितता बढ़ने लगी। सभी जानते थे कि तोरेल सिर्फ़ एक पड़ाव भर है, जहाँ से आपको किसी भी दिन एक अज्ञात मंज़िल की तरफ़ ले जाया जा सकता था।

19 जुलाई और 27 जुलाई को पहले ही लगभग सौ महिलाओं को दो जत्थों में ड्रेंसी के शिविर के लिए रवाना कर दिया गया था। इनमें एक अठारह वर्षीय पोलिश लड़की भी शामिल थी। उसका नाम राका इज़राइलोविज़ था और वह उसी दिन तोरेल के शिविर में पहुँची थी जिस दिन डोरा ब्रूडर पहुँची थी। हो सकता है वे दोनों एक ही पुलिस वैन में रही हों। वह निस्सन्देह डोरमिट्री में डोरा की पड़ोसन रही होगी।

12 अगस्त की शाम को पूरे शिविर में यह अफ़वाह फैल गई कि अगले दिन सभी यहूदी महिलाओं और 'यहूदियों की दोस्तों' को ड्रेंसी के शिविर के लिए रवाना कर दिया जाएगा।

13 अगस्त को सुबह दस बजे बैरक-चौक पर चेस्टर के नीचे हाज़िरी हुई और सभी को भोजन के साथ थोड़ा-थोड़ा राशन दिया गया।

बसें आ पहुँचीं। शायद इतनी तो रही ही होंगी कि सभी को बैठने के लिए सीट मिल सके। डोरा को भी। वह गुरुवार का दिन था। मुलाक़ात का दिन।

काफ़िला चल पड़ा। बसों के साथ मोटरसाइकिलों पर सवार हेलमेट धारी पुलिसवाले भी थे। रूट वही था जो आजकल रोयसी एयरपोर्ट पहुँचने के लिए इस्तेमाल किया जाता है। पचास से भी अधिक वर्ष बीत चुके हैं। मोटरगाड़ियों के लिए चौड़ी सड़क बनाकर और आसपास की इमारतें तोड़कर इस उत्तरी-पूर्वी उपनगर का नक़्शा बदल दिया गया है। भूतपूर्व 'ब्लॉक 16' की तरह जहाँ अतीत के सभी चिह्न मिटाकर पूरे क्षेत्र को एक तटस्थ रूप दे दिया गया है। फिर भी, एयरपोर्ट की तरफ़ जाते समय रोड-साइनों पर अब भी कुछ पुराने नाम दिखाई पड़ जाते हैं—ड्रेंसी या रोमेनविले...। पोर्त दि बानोले के पास सड़क के किनारे एक पुराना खलिहान अब भी मौजूद है। इसकी खस्ता हालत दीवार पर किसी ने बड़े-बड़े अक्षरों में लिख रखा है—'द्यूरेमोर'।*

*

* यह शब्द फ्रेंच शब्द 'दु रिमोर' की याद दिलाता है...यानी 'आत्म-ग्लानि'।

ड्रेंसी में, भीड़-भड़क्के और गहमागहमी के बीच, डोरा को अपने पिता मिले। वह वहाँ मार्च से ही बन्द थे। उस अगस्त में पुलिस हेडक्वार्टर के 'डिपो' और तोरेल शिविर की तरह ड्रेंसी शिविर में भी नए बन्दी पुरुषों और स्त्रियों की बाढ़-सी आ गई थी। फ्री-ज़ोन से भी हज़ारों की तादाद में मालगाड़ियों में भर-भरकर पुरुष और महिला बन्दी लाए जा रहे थे। सैकड़ों महिलाएँ अपने बच्चों से जबरन अलग कर दिए जाने के बाद ब्यूने-ला-रोलांद और पिथिवियर्स जैसे शिविरों से लाई गई थीं। 15 अगस्त के बाद माँओं को डिपोर्ट कर दिए जाने के बाद बच्चों की बारी आई। लगभग 4000 बच्चे। कई तो इतनी जल्दबाजी में इन दोनों शिविरों से लाए गए थे कि उनके नाम झटपट उनके कपड़ों पर ही लिख दिए गए थे जो पढ़े नहीं जा रहे थे।

बेपहचाना बच्चा संख्या 122, बेपहचाना बच्चा संख्या 146, तीन वर्षीय लड़की, पहला नाम मोनिक, पहचान नहीं...

*

शिविर में बढ़ती भीड़भाड़ को देखते हुए, और फ्री-जोन से अभी और आनेवाले बन्दियों के जत्थों को ध्यान में रखते हुए, जर्मन अधिकारियों ने फ्रेंच राष्ट्रीयता वाले यहूदियों को 2 और 5 सितम्बर को ड्रेंसी से पिथिवियर्स शिविर में स्थानान्तरित करने का फ़ैसला किया। वे चारों लड़कियाँ जो डोरा ब्रूडर के साथ ही शिविर में पहुँची थीं, स्थानान्तरित किए जानेवाले इन जत्थों में शामिल थीं। सोलह या सत्रह वर्ष की इन लड़कियों के नाम थे—क्लॉदिन विनरबे, ज़ेली

स्ट्रॉब्लिट्ज़, मार्थ नैकमनोविज और योन पिटोन। फ्रेंच यहूदियों के इस जत्थे में लगभग 1500 लोग थे। इन लड़कियों को शायद यह लगा हो कि उनकी फ्रेंच राष्ट्रीयता उन्हें बचा लेगी। डोरा ब्रूडर भी उन्हीं की तरह फ्रेंच थी। अगर वह चाहती तो इन सभी के साथ ड्रेंसी के शिविर से जा सकती थी। पर उसने ऐसा नहीं किया। इसके कारण का अनुमान लगाना मुश्किल नहीं लगता। वह अपने पिता के साथ रहना चाहती थी।

पिता और बेटी ने आख़िर हजारों दूसरे पुरुषों और स्त्रियों के साथ 18 सितम्बर को ड्रेंसी का शिविर छोड़ा। उन सबको ट्रेनों में भरकर ऑशवित्ज़ ले जाया जा रहा था।

*

डोरा की माँ सेसिल ब्रूडर को 16 जुलाई 1942 को ही गिरफ़्तार कर लिया गया था। पूरे इलाक़े की घेराबन्दी करके बड़े पैमाने पर धरपकड़ और गिरफ़्तारियों के दिन। उसे भी ड्रेंसी के शिविर में भेजा गया था। उसे कुछ दिन अपने पति के साथ गुज़ारने का अवसर मिला था। तब डोरा तोरेल के शिविर में थी। सेसिल बुडापेस्ट में पैदा हुई थी और तब तक हंगरी के यहूदियों को डिपोर्ट किए जाने के आदेश नहीं आए थे। इसलिए कुछ ही दिन बाद 25 जुलाई को उसे ड्रेंसी के शिविर से रिहा कर दिया गया।

क्या 1942 की उन गर्मियों में उसे किसी गुरुवार या रविवार को तोरेल के शिविर में अपनी बेटी से मिलने का अवसर मिला था? 9 जनवरी

1943 को उसे एक बार फिर गिरफ़्तार करके ड्रेंसी के शिविर में भेज दिया गया। 11 फ़रवरी 1943 को, अपने पति और बेटी को डिपोर्ट किए जाने के पाँच महीने बाद, उसे भी एक बड़े जत्थे के साथ ऑशवित्ज़ जानेवाली एक ट्रेन में बिठा दिया गया।

*

डोरा और उसके पिता की रवानगी के अगले दिन, 19 सितम्बर को पूरे पेरिस में कर्फ़्यू लगा दिया गया। इसका कारण 'रेक्स' सिनेमाघर में रखा गया एक बम था। दोपहर तीन बजे से अगली सुबह तक किसी को भी घर से निकलने की अनुमति नहीं थी। पूरा शहर वीरान दिखाई दे रहा था, मानो डोरा के जाने का मातम मना रहा हो।

उसी दिन से, पेरिस में जहाँ कहीं भी मैंने उसके पद्चिह्न ढूँढ़ने की कोशिश की है, पेरिस ख़ामोश और वीरान दिखाई देता रहा है—उसी दिन की तरह। मैं ख़ाली सड़कों पर भटकता हूँ। मुझे वे हमेशा ही वीरान दिखाई देती रही हैं, शाम की भीड़भाड़ के बीच भी, जब लोगों की भीड़ मेट्रो स्टेशन पहुँचने की जल्दी में होती है। मैं न चाहते हुए भी उसी के बारे में सोचने लगता हूँ, मानो कहीं आसपास से उसके अस्तित्व, उसकी उपस्थिति की गूँज उठ रही हो। मैं पेरिस के कुछ हिस्सों में अकसर ऐसा महसूस करता हूँ—जैसाकि हाल ही में गेरे दु नॉर्ड में।

मैं कभी नहीं जान पाऊँगा कि स्कूल से पहली बार भागने के बाद उसने सर्दियों के वे दिन कैसे बिताए, कहाँ और किसके साथ? और

वसंत में दोबारा भागने के बाद का समय। यह रहस्य सिर्फ़ उसका है। एक अकिंचन और बहुमूल्य रहस्य जिसे न तो उसके जल्लाद, न सरकार की डिक्रियाँ, न क़ब्ज़ा करने वाली ताक़तें, न डिपो, न बैरकें, न कैम्प, न इतिहास, न समय—वह हर चीज़ जो तुम्हें दूषित और नष्ट करती है—उससे नहीं छीन पाईं।

✪